L. Eisinger

Beiträge zur Topographie und Geschichte der Stadt Rastatt

Anatiposi

L. Eisinger

Beiträge zur Topographie und Geschichte der Stadt Rastatt

Unveränderter Nachdruck der Originalausgabe von 1854.

1. Auflage 2023 | ISBN: 978-3-38203-674-4

Anatiposi Verlag ist ein Imprint der Outlook Verlagsgesellschaft mbH.

Verlag: Outlook Verlag GmbH, Zeilweg 44, 60439 Frankfurt, Deutschland
Vertretungsberechtigt: E. Roepke, Zeilweg 44, 60439 Frankfurt, Deutschland
Druck: Books on Demand GmbH, In de Tarpen 42, 22848 Norderstedt, Deutschland

Beiträge

zur

Topographie und Geschichte

der

Stadt Rastatt

von

Prof. L. Eisinger.

Mit einem Situationsplane.

1854.

Buchdruckerei von Wilhelm Mayer in Rastatt.

Vorwort.

Die erste und nächste Absicht beim Beginn vorliegender Arbeit war die ganz specielle: einigen ziemlich weit verbreiteten und festgewurzelten Irrthümern in Bezug auf die Gesundheitsverhältnisse unserer Stadt entgegen zu treten. Ich gedachte zunächst nur, durch Zusammenstellung nahe liegender topographischer und statistischer Notizen mit Zahlen nachzuweisen, daß die physischen Bedingungen zu körperlichem Wohlsein im Verlaufe der Zeit sich für Rastatt nicht nur nicht verschlimmert, sondern wesentlich verbessert haben. Weil jedoch derartige Veränderungen zur Geschichte eines Ortes sich wie Wirkung zu Ursache verhalten, so konnten wenigstens die Hauptmomente der specialgeschichtlichen Entwickelung nicht ausgeschlossen bleiben. Die Forschung darnach führte mir ein so anziehendes Bild eines mittelalterlichen Gemeindelebens vor, daß ich mit stets wachsendem Interesse die Quellen verfolgte und dabei Manchem begegnete, was als nicht allgemein bekannt erscheinen und der Veröffentlichung bei dieser Gelegenheit werth erachtet werden dürfte.

Wegen dieser geschichtlichen Episode mußte ich, um den erlaubten Raum nicht zu überschreiten, mit einem allgemein topographischen Bilde mich begnügen und in diesem nach seiner Vollendung noch manche Auslassungen und Zusammenziehungen eintreten lassen.

Bei einem solch veränderten Plane und der Kürze der zwischenliegenden, nach Erfüllung meiner Berufspflichten mir ohnehin knapp zugemessenen Zeit, konnte die bekannte Vorschrift: si quid scripseris descendat in judicis aures, nonumque prematur in annum, membranis intus positis, nichts weniger als eingehalten werden. Mögen darum etwaige, bei einer Gelegenheitsschrift kaum zu vermeidende Flüchtigkeiten milde Beurtheilung und Nachsicht finden. Sollte sogar dieser Versuch nicht ganz ungünstig aufgenommen werden, so wird in einem künftigen Jahre die historische und vergleichende topographische und statistische Ergänzung mit einem erläuternden Situations-plane der jetzigen Stadt- und Terraingestaltung nachfolgen.

Für die gütige Erlaubniß des Großh. Ministeriums des Innern, das Generallandesarchiv zu meiner Arbeit benützen zu dürfen, sowie für die zuvorkommende Unterstützung, welche mir dabei von den Herrn Archivdirector Mone, Archivrath Dambacher und Assessor Baber zu Theil wurde, fühle ich mich zu öffentlichem Danke verpflichtet.

Herr Bürgermeister Hammer von hier theilte mir nicht nur die be-züglichen Urkunden aus der Gemeindsregistratur bereitwillig mit, sondern erleichterte oft auf sehr erspriesliche Weise meine Arbeit durch vorläufige Bezeichnung brauchbarer Stellen. Uneigennützig, sachkundig und mit geübter Hand entwarf der Großh. Stabsguide Herr Commerell das angefügte Kärtchen. Herr Dr. Haug ergänzte freundlichst die Lücken, welche wegen meiner zeitweisen Abwesenheit in meinen meteorologischen Aufzeichnungen entstanden. Mein ehemaliger College, Herr Prof. Fickler in Mannheim, erfreute mich mit einigen werthvollen historischen Notizen. Es mögen darum diese Herrn eben so bereitwillig meinen Dank genehmigen, als sie bei dieser Gelegenheit sich mir erwiesen.

Rastatt im Juli 1854.

Eisinger.

1. Zur Topographie.

Durch das weite Thal des Oberrheins zieht von Schwetzingen an aufwärts ein über die Ebene bis zu 30 und mehr Fuß hervorragender mehr oder minder breiter Landstrich, welcher westlich gegen den Rhein steil, gegen das östlich von ihm gelegene Gebirge sanfter, doch fast eben so tief abfällt. Er trennte den ehedem unterhalb Basel sich theilenden Rhein und stellte somit eine zwischen dem Mittel= und dem Ostrhein liegende, weit gedehnte Erdzunge dar. An der schmalsten Stelle derselben, wo sie jetzt von der Murg durchbrochen wird, liegt unter 48° 49' 35" nördlicher Breite und 5° 52' 11" östlich, von der pariser Sternwarte, die Stadt und Bundesfestung Rastatt.

Kurz bevor die Murg zur Stadt gelangt, wendet sie in einem großen Bogen südwestlich, dann westlich, zuletzt nördlich sich ab und geht darauf nordwestlich dem Rheine zu. Dieser Richtung folgt das ehemalige Rheinufer in geringer, fast paralleler Richtung, wodurch gleichsam ein in die Rheinebene mit 3 Seiten vorspringendes, fast rechtwinkeliges Vorgebirge entsteht, das sich 30' über die Rheinebene erhebt, durchschnittlich 1700' breit und nahezu eben so lang ist. Gerade in der Mitte der der Murg zugekehrten Seite dieses Vorsprunges, etwas weniges vom Rande zurückgezogen, liegt 415' über der Meeresfläche der mittlere Theil des rastatter Schlosses, dessen Seitenflügel bis auf den Rand des Hochufers vorrücken und mit ihren Nebengebäuden sich noch etwas über dieselben hinabsenken. Das Schloß selbst, auf welches wir später zurückkommen werden, erhebt sich bis zur Gallerie beim Jupiter zu 82' über den Boden, so daß wir hier in einer Höhe von 500' über dem Meere den geeignetsten Stand=

punkt finden uns die ganze Gegend näher zu beschauen und zugleich diejenigen Erfahrungen anzureihen, welche unten an den
von hier aus betrachteten Einzelheiten selbst gesammelt werden
mußten.

Nehmen wir hier, vom Fuße der Schwarzwaldgebirge und
vom Rheine gleichweit, je eine Stunde, entfernt, den Stand wie
bei Betrachtung einer Landcharte ein, so wird uns das Gesichts-
feld rechts durch den Schwarzwald, links über den Rhein hinweg
durch die Vogesen, nördlich und südlich, auch bei der reinsten
Luft, nur durch den Dunstkreis begrenzt.

Im Rheinthale abwärts erblicken wir aus unabsehbarer Ebene
die Thürme von Karlsruhe hervorragen und zuweilen in nebel-
grauer Ferne die colossale Masse des ehrwürdigen Domes zu
Speier. Am Fernsten zeichnen sich noch bei klarem Himmel in
unbestimmten Umrissen die Vorposten des Odenwaldes bei Heidelberg in dem tiefen Blau des Horizontes ab, während der Michels-
berg mit seiner Kapelle unfern Bruchsals schon ziemlich deutlich, der
Thurmberg bei Durlach in vollkommener Klarheit vor das Auge
tritt. Unterhalb Ettlingen erhebt sich der Entenberg 1142' über
die Meeresfläche und zeigt uns auffällig den Thaleinschnitt, aus
welchem die frische, forellenreiche Alb der Ebene zueilt. Das
zwischen ihr und der Murg gelegene, in mancherfacher Abwechselung
reizend gestaltete Gebirge endet mit dem von uns 1½ Stunden
entfernten 1781' hohen, kegelförmigen Eichelberge, in dessen Mitte
uns diejenigen mächtigen Brüche bunten Sandsteins, wie eine
große Felsenstadt, erscheinen, welche die ungeheuren Steinmassen
zum Festungsbaue lieferten. Von ihm schweift das Auge über
den hohen Gebirgsrücken, welcher die Gewässer der Murg, der
Alb und der Enz scheidet, sich oft über 3000' erhebt und in
dieser Richtung unsern Blick mit der Teufelsmühle, einem 3030'
hohen, ausserordentlich merkwürdigen Felsenmeere bunten Sandsteins, begrenzt.

Wird auch die Aussicht in die reizendsten Parthien des Murgthales durch die Bergvorsprünge des linken Flußufers gehemmt,
so entschädigt sich hiefür das Auge an der Ebersteinburg, dem

alten badener Schloſſe, und dem hinter beiden kegelförmig 2240'
ſich erhebenden Merkurius. Erſtere, mit theils römiſchem Unter=
baue, ruht, wie das badener Schloß, auf der merkwürdigen,
hier zu freien Felsvorſprüngen geſtalteten Porphyrbreccie. Beide
ſind mit den Felſen, welche die Gebäude mit bilden helfen, gleich=
ſam verwachſen und rechtfertigen vollkommen das Verlangen, mit
welchen ihr Anblick aus der Ferne zu ihnen hinzieht.

Mehr ſüdlich gewendet überblicken wir noch eine lange Reihe
der gegen den Rhein ſteil abfallenden, von vielen Thälern durch=
brochenen Schwarzwaldgebirge bis über Offenburg. Von den
vielen nennenswerthen Punkten, welche wir hier begegnen,
wollen wir nur die Windeck bei Bühl, die nahe an 4000'
hohen, bis zum Juni ſchneebedeckten Torfmoore der Horniſsgründe,
hinter welchen einige 100' tiefer der ſagenreiche Mummelſee
ſeine unwirthlichen Gewäſſer zwiſchen ſteilen Felſen ausbreitet, die
2465' hohen Felſen hinter Sasbach, welche die Ruinen des
Brigittenſchloſſes tragen, namentlich anführen, obſchon auch viele
der ungenannten gleich ihnen das naturwiſſenſchaftliche, hiſtoriſche
und landſchaftliche Intereſſe in hohem Grade zu feſſeln nicht ver=
fehlen.

Wie gegen Norden durch die Thürme von Karlsruhe, ſo
wird gegen Süden der Ebene Einförmigkeit unterbrochen durch
den Rieſenbau des ehemals deutſchen Münſters zu Straßburg.
Erfüllt uns deſſen Anblick auch mit Stolz auf deutſchen Kunſt=
fleiß und deutſche Ausdauer, ſo erregt er uns auch Wehmuth
über die unheilvolle Zeit, welche jenen herrlichen Bau, ſo wie
faſt die ganze Gegend, welche wir jenſeits des inſelreichen Rheines
überſchauen, den deutſchen Marken entrückte.

Weſtlich gewendet überblicken wir der Vogeſen lange Reihe
von Hagenau, der alten Reichsſtadt, bis unterhalb Landau.
Die wunderbar ausgezackten bläulichen Gipfel dieſes an ausge=
zeichneten Einzelheiten ſo reichen Gebirges verleihen dem großen
landſchaftlichen Bilde nach dieſer Seite hin einen unübertrefflichen
Reiz und Hintergrund. Laſſen wir den von der Fernſicht ermü=
deten Blick dieſſeits des Rheines und mehr in der Nähe weilen, ſo

sehen wir durchweg die höhern Gebirgsrücken mit dunkelm Nadel=
holze bekleidet. Etwas tiefer breiten, gleichsam unter dem Schutze
der Tannen, kräftige Laubwälder sich aus, welche noch mehr ab=
wärts der Kastanie und dem Nußbaume, edeln Obstgärten und
Rebgeländen den Raum überlassen.

Die unter unsern Füßen sich ausbreitende, von den grün=
lichen Fluthen des Rheins durchfurchte Ebene ist überdeckt mit
fruchtbaren Aeckern, Wiesengründen und Waldungen, Flüssen,
Bächen, Gräben und Teichen, Städten, Dörfern und Höfen und
gerne weilt das Auge auf der gartenartigen Gegend. So weit
diese in Rastatts Gemarkung eingeschlossen ist, zerfällt sie in
einen höher und einen tiefer gelegenen Theil. Ersterer erstreckt
sich von Süden nach Norden bis unterhalb der Stadt und
endet beim Niederwalde, welchen der Federbachkanal durch=
zieht, in eine Spitze. Beim Walde zwischen der Berg= und
Rheinstraße ist er 3000, unmittelbar bei der Stadt 270 Fuß
breit, dehnt sich darauf wieder mehr in die Breite und mißt
vom iffezheimer Walde bis zu seiner nördlichen Spitze 14000
Fuß. Seine noch ziemlich wellenförmige Oberfläche schwankt
zwischen 61' Höhenunterschied, wobei wir dem höchsten Punkte
463' — links von der Rheinstraße gleich im Anfange des Waldes,
dem tiefsten beim Niederwalde, 401' über dem Meere, begegnen.
Gegen Westen fällt er steil, gegen Osten flach ab und ist durch=
schnittlich 450' über dem Meere, 380' über dem mittlern Stand
des Rheines und 372' über dem der Murg erhaben.

Bis zu einer Tiefe von 36' erschloß der Festungsbau durch
Graben=, Fundament= und Minenanlagen weithin und in ver=
schiedenen Richtungen diesen höher gelegenen Theil und ließ ihn,
auch wenn dies nicht vorher schon aus andern Kennzeichen hätte
gefolgert werden können, durchweg als Diluvium von ziemlich
grobem Gerölle (Kies) erkennen, das an einzelnen Stellen, be=
sonders der flachern Seite zu, mit Streifen feineren Sandes
durchzogen ist. Darüber lagert, von der Beschaffenheit der nahen
Hügel, eine oft mehr als 4' mächtige Lößschichte, so daß nur an
wenigen Stellen, wie z. B. im Münchfelde, den Käs= und Brod=

äckern, die Ackerkrume mit etwas Kieseln untermischt erscheint und darum in nicht allzu trockenen Jahren sehr fruchtbare Felder abgibt.

Es ließ sich mit ziemlicher Sicherheit voraussetzen, daß diese Strecke, wie hin und wieder das Diluvium des Rheinthales, merkwürdige antediluvianische Thierreste einschlöße, von denen die Erdarbeiten beim Festungsbaue mehrere würden zu Tage fördern. Weil jedoch die Erdarbeiter nach dem Kubikinhalte des geförderten Grundes und oft nicht allzu reichlich bezahlt wurden, so achteten sie auf derartige Vorkommnisse anfänglich absichtlich nicht, um nicht durch sorgfältige Behandlung des Fundes bei Ausgrabungen an Zeit und bei Abgabe desselben an Volumen der Karrenladung zu verlieren. Dessen ungeachtet retteten die bauführenden Officiere zuweilen beachtenswerthe Fragmente, welche noch werthvollere Ausbeute hoffen ließen. Als noch der damalige Festungsbau= Director, der jetzige k. k. General Eberle, mir gestattete den Arbeitern besondere Belohnungen für solche Funde aus der Lyceums= kasse anzubieten und sämmtliche Bauofficiere, soviel die übrigen Geschäfte ihnen gestatteten, ihre Aufmerksamkeit auf derartige Vorkommnisse richteten, erhielt die naturhistorische Sammlung des Lyceums noch einige bemerkenswerthe Stücke, von welchen hier nur ein 5' langes, 6'',5 im Durchmesser haltendes Stück eines linken Stoßzahnes und 2 sehr gut erhaltene, je 1' lange, 5'' hohe, 3'' breite Backenzähne vom Elephas primigenius erwähnt werden sollen.

Der, durchschnittlich über 30' tiefer gelegene, bei weitem größere Gemarkungstheil gegen Südwest, West und Nord war ehedem das Bett des Rheins, von welchem noch als südwestliche Gemarkungsgrenze der Altrhein zurückblieb. Auch dieser würde ohne die Aufnahme des iffezheimer Mühlkanals, wie das um= liegende Land, längst trocken gelegt sein.

Die Sümpfe, welche der allmählig in sein jetziges Bett sich zurückziehende Rhein hinterließ, überkleideten die Strecke vom kehler Thore zwischen der iffezheimer Straße, dem ottersdorfer Wege und dem Altrhein mit einer mehr und minder dicken Torf=

ſchichte. Die gleiche Ueberkleidung treffen wir gegen Norden im ganzen Niederwalde und auch an einigen Stellen des weſtlich gelegenen Oberwaldes an. Unter dieſem der Ausbeute unwerthen Torflager findet ſich wieder das Gerölle des Hochufers unter= mengt mit lettengefüllten Mulden. Die Lettlager gehen oft zu beträchtlicher Tiefe, wie die Bauten des Fort C bewieſen, woſelbſt ihr Vorkommen der Fundamentirung des Reduit faſt nicht zu beſeitigende Schwierigkeiten entgegenſeßte. Zwiſchen der Rheinau und dem Röderer Berge bilden ſie eine weit ausge= dehnte 6 — 8′ mächtige Schichte, ſeit uralten Zeiten zu tech= niſchen Zwecken und jeßt noch zum Betriebe von 4 Ziegelhütten benüßt, ohne daß eine beſondere Abnahme des Materials ein= getreten wäre. An einigen Stellen der Niederung fand ſich unter der 3 — 4′ mächtigen Kiesſchichte nochmal ein Torflager, was auf eine Wiederkehr des Rheines auf dieſe Strecken ſchließen läßt, nachdem ſein Zurücktreten ſchon ſo lange gedauert hatte, daß die zur Torfbildung nöthige Vegetation Plaß greifen konnte.

Der Niederwald erhob ſich aus einem waſſerreichen Sumpfe, weßhalb ſein Boden ein mit vielen Waſſergräben netzartig durch= ſchnittenes Torfmoor darſtellt. Der Oberwald dagegen und die Brufert haben ganz das Anſehen und die Bodenbeſchaffenheit jüngerer Rheininſeln. Sie ſind bedeckt mit mehrern Fuß dicken Ablagerungen von feinem Sande, Thon und Schlamm und liegen etwa 6′ höher, als das ſie umgebende Land. An vielen Stellen erzeugten Hochwaſſer, welche das bereits durch Wurzelwerk be= feſtigte Land nicht mehr wegzuführen vermochten, große, mulden= förmige Tümpel, hier Schlutten genannt, welche die hereinſtürzen= den Waſſer oft bis unter den jeßigen Murg= und Rheinſpiegel aushöhlten.

Petrefacten kamen bei den verſchiedenen Culturarbeiten, welche viele dieſer Unebenheiten ausglichen, und während des Feſtungs= baues keine zum Vorſchein, auſſer den calcinirten Schalen hier umher noch lebender Gattungen von Planorbis, Limnaea, Paludina.

Dieſes Hoch= und Tiefland durchſchneidet in ihrem jeßigen Laufe die Murg, eben ſo die Feſtungswerke und die Stadt, von welcher sie zwei Vorstädte trennt. Den Namen des Flusses leitet Mone (Archiv I. p. 132) ab von moorig, das in der oberländer Sprache murig lautet. Da Moor im Althochdeutschen Muorra lautete, so müsse der Fluß anfänglich Muor=aha geheißen haben, welches sich später in Murach, zuletzt in Murg, ein Fluß, der durch Sumpf geht, verkürzte.

Es entspringt der muntere, fast ewig klare Fluß am Kniebis aus mehreren Quellen, die bald kleine Bäche bilden, wovon der eine die rothe, der andere die rechte Murg heißt, deren Quellen 2500 Fuß über dem Meere liegen. Von ihrem Ursprunge bis zur badischen Grenze legt sie bei einem Gefälle von 980' einen Weg von 6 Stunden zurück, von da, mit 1150' Fall, bis zum Rheine 11 Stunden, jede zu 15000' oder 6000 Militärschritten gerechnet.

Das überaus romantische Querthal, welches sie in ihrem Ober= und Mittellaufe durchströmt, bietet dem Besucher, in welcher Absicht er kommen mag, so viele überraschende und merk= würdige Punkte, daß wir nicht versuchen wollen eine auch nur kurze Schilderung desselben zu geben und zwar um so mehr, da das Thal im Ganzen, wie in einzelnen Parthien, in vortrefflichen Monographieen bereits verdiente Würdigung gefunden hat,[1] und als eines der schönsten Deutschlands ziemlich allgemein be= kannt ist und häufig besucht wird.

Von Rothenfels an kann der Unterlauf des Flusses beginnend betrachtet werden, obschon er von da bis zum Rheine, auf 3 Stun= den Länge, noch einen Fall von 100' darbietet. Rasch eilen darum auch die bräunlichen, doch völlig klaren Wellen in ihrem durch

---

[1] Jägerschmid, das Murgthal, besonders in Hinsicht auf Natur= geschichte und Statistik. 1800.

Derselbe, Baden und der untere Schwarzwald. 1846.

v. Kettner, Beschreibung des badischen Murg= und Oosthales. 1843.

Hausmann, geolog. Bemerkungen über die Gegend von Baden bei Rastatt, in den Abhandlungen der göttinger Gesellschaft der Wissenschaften II. B. p. 25.

Die Elisabethenquelle zu Rothenfels im Murgthale, ihre physisch=chemi= schen Eigenschaften und Heilkräfte. Karlsruhe, Creuzbauer und Nöldecke. 1841.

künstlichen Uferbau geregelten Bette an uns vorüber. Da rein gewaschene Felsen oder Quarzgerölle durchaus Sohle und Ufer des Flusses bilden, so vermögen auch die gewaltigsten Anschwel= lungen, welchen er bei einem beiläufig 18 ◻Meilen großen Gebiete voll der mächtigsten Berge zuweilen ausgesetzt ist, seine klaren Gewässer nicht lange zu trüben. Selbst nach dem Hochwasser am 30. Juli und 1. August 1851, welches nach wochenlangen Regengüssen so sehr anwuchs, daß die Dämme des linken Murg= ufers überfluthet, Dörfchen und Schwabengasse und ein Theil der Stadt unter Wasser gesetzt, und einige Werke im Fort C eingestürzt wurden, gaben, nachdem der Regen erst 4 Tage auf= gehört hatte, 50 ℔ unfiltrirtes Wasser aus demselben eingedampft nur 1½ Loth festen Rückstand. Es möchte also scheinen, als widerspreche diese Beschaffenheit der Ableitung des Namens und es sei die von Murrach, mit dem Stamme Murren, für einen Felsenbach, vorzuziehen. Dieser Name entstand jedoch nicht unter den gegenwärtigen, sondern unter ganz andern Verhältnissen und zu einer Zeit, in welcher der Name vollkommen der Natur entsprach.

Nachdem die Murg innerhalb der Stadt den früher oberhalb Kuppenheim von ihr abgeleiteten Gewerbkanal und den Oosbach aufgenommen hat, erreicht sie, alle Zahlen noch unter Mittel genommen, eine Breite von 70, eine Tiefe von 3 Fuß, hat eine Geschwindigkeit von 0',254 in der Sekunde, und führt dem= nach in dieser Zeit über 52 Kubikfuß Wasser an der Stadt vor= über. Ihr Wasser ist fast chemisch rein und enthält eine kaum merkliche Spur von kohlensaurem Kalke, auf den Kubikfuß bei 28" 0''',8 Barometerstand und 16° R., 16,6 Cubikzoll atmosphärische Luft, 0,0000163% Kohlensäure und 0,0000006% Eisenoxydul, welch letztere Angaben ich der Ermittelung des Chemikers Herrn Rudolph Schneyder verdanke.

Es gehört demnach zu den weichen Wassern, welches sich vor= trefflich zum Kochen und Waschen, weniger zum Trinken eignet, da es an dem Temperaturwechsel der Atmosphäre zu raschen Antheil nimmt und zuweilen doch unrein und verunreinigt vorkömmt.

Die von der Murg durchdringenden Horizontalwasser speisen

unsere Pumpbrunnen, welche sehr gutes Trinkwasser liefern, insofern sie nur bis in die tiefere Kiesausfüllung des ganzen Thales gegraben sind. Ihr Wasser ist von dem der Murg nur wenig verschieden, obschon alle weit mehr kohlensauern Kalk und Spuren von Chlormagnesium enthalten.

Die Brunnen in Privathäusern sind mitunter durch Produkte organischer Zersetzung verunreinigt, wovon die Ursachen jedoch nicht in den Bodenverhältnissen zu suchen sind.

An einigen Stellen der Gemarkung treten ausserdem noch, besonders an der Basis des alten Hochufers, ziemlich ergiebige Quellen zu Tage, welche das ganze Jahr hindurch fast gleich viel und gleich temperirtes Wasser spenden. Die beträchtlichste derselben findet sich 2400 Schritte südlich von der Stadt am Fuße des Hochrains, auf welchem die kehler Straße hinzieht, bei den obern Bruchwiesen. Sie liefert des Tags ungefähr 40 Fuder Wasser, das dieselben Bestandtheile, wie die Pumpbrunnen der Stadt, enthält. Horizontalwasser, das weit oberhalb Rastatt von der Murg in das benachbarte Land eindringt, über und zwischen Thonschichten, die bis zu jener Stelle hinziehen, geräth, bricht, da es sich früher nicht senken kann, hier wieder hervor. Dies ihr, wie der übrigen, Entstehungsgrund. Die nicht wasserdichte Umgebung der Quelle läßt eine Spannung derselben auch nur auf wenige Fuße nicht zu, wodurch erst die Möglichkeit gegeben wäre sie mit gehöriger Druckhöhe in die Stadt zu leiten, was sich wegen ihrer Ergiebigkeit, Reinheit und stets gleichen Temperatur von 8° R. der Mühe schon lohnte. So können diese Quellen, gehörig gereinigt, nur zur Labung der Feldarbeiter dienen, versumpfen aber auch hin und wieder den Wiesengrund und helfen sauern Humus erzeugen.

Ueber diesem für Pflanzenerzeugung sehr günstig construirten Boden herrscht, wegen der geographischen Lage sowohl, als wegen der Beschaffenheit der ganzen Gegend, das freundlichste Klima, in welchem sich die übrigen Factoren desselben: Wasser, Ebene, Berge und Wald das wohlthätigste Gleichgewicht halten. Die brennende Hitze des Sommers wird etwas gekühlt durch die frische

Luft, welche die rasche Murg und den nahen Rhein begleitet, und durch die, im Temperaturunterschiede der nahen Gebirge und der Ebene gegründete, sanfte Luftströmung zwischen beiden. Keineswegs wird hierdurch die kräftige Erwärmung des Bodens verhindert, dessen dunkle und lockere Oberfläche die Wärmestrahlen vortrefflich absorbirt. Die versengende Dürre, welche sonst die Vegetation weiter Ebenen ertödtet, wird hier öfter unterbrochen durch milde Theilnahme an den häufigern atmosphärischen Wasserausscheidungen, welche die condensirende Wirkung der benachbarten hohen, dicht bewaldeten Berge veranlassen. Den unerquicklichen raschen Uebergang von Hitze zu Frost, und umgekehrt, in den Tages= und Jahreszeiten, mäßigt die Nähe der ausgebreiteten, doch nicht stagnirenden Wassermassen; die von diesen aufsteigenden Nebel hat wieder die frische Gebirgsluft bald zerstreut und die Klarheit des Himmels ist durch niederstehende Dünste außerordentlich selten lange getrübt.

Die mittlere Jahrestemperatur ist nach 12jähriger Beobachtung vom 1. Januar 1842 bis dahin 1854 + 8°,35 R. Wie sich dieselbe in den einzelnen Monaten der ganzen Periode vertheilt, sollte, im Vergleiche mit Karlsruhe, eine kleine Tabelle zeigen. Es mußte dieselbe jedoch um Raum zu ersparen unterdrückt werden. Nach ihr (in Bezug auf Karlsruhe von Herrn Dr. Eisenlohr daselbst mir gütigst mitgetheilt) stellte sich in diesen Jahren die mittlere Temperatur von Karlsruhe auf 8°,4 R. [1]), wobei Februar, März, April, Juni, Juli, August, November für Rastatt

---

[1]) Nach dem 50jährigen Durchschnitte in Alex. von Humboldts kleinern Schriften I. B. Taf. III. ist die mittlere Temperatur von Karlsruhe mit 10°,1 C. = 8°,08 R. angegeben, wornach die von Rastatt ebenfalls tiefer stehen müßte. Der Unterschied mag daher rühren, entweder daß ich die mittlere Tagestemperatur mittelst eines Maximum= und Minimumthermometers und dem von Kämtz empirisch bestimmten Correctionsfactor aufsuchte, wobei kleine Beobachtungsfehler eingeschlichen sein mögen und die von Herrn Dr. Paug zur Ergänzung mitgetheilten nur halbe Grade durch Schätzung enthalten, oder auch, daß das 50jährige Mittel anders, als das der 12 letzten Jahre, worunter einige sehr heiße vorkommen, sich herausstellt.

die Temperatur etwas niedriger, für die übrigen Monate etwas höher, als die in Karlsruhe, sich berechnet.

In dieser 12jährigen Periode begegnen wir der höchsten Temperatur am 19. August 1842 mit 31°,7 R. der tiefsten am 12. Februar 1845 mit — 12° R., welcher die am 30. Dezember 1853 mit — 11°,3 R. nahe kam.

In derselben Zeit ergab sich ein mittlerer Luftdruck von 27 Zoll 10 pariser Linien, mit Schwankungen von 26" 5"',4 an, am 25. Okt. 1850, bis zu 28" 4"',1 am 19. Januar 1843, welche hier in den einzelnen Monaten zu verfolgen von weniger Interesse sein möchte, als der Gang der Temperatur. Nur sei erinnernd noch angeführt, daß, als vom 25. bis zum 26. Februar 1844 das Barometer von 27" 10"' bis zu 26" 9"',8 fiel, ein so furchtbarer Sturm folgte, daß die Straßenlaterne an der Ecke der Lyceumskirche aus ihren eisernen Banden gerissen und nahe bis zum eisernen Thore des Schloßgartens getragen wurde; anderer Verwüstungen an Dächern, Läden, Fenstern und selbst damals blattlosen Bäumen nicht zu gedenken.

Bei diesen Boden- und atmosphärischen Verhältnissen entwickelt sich die mannchfaltigste Flora. Wasser-, Sumpf-, Moor-, Sand- und Waldpflanzen und jene die auf gebautem, fettem Boden und Wiesengründen vorkommen, treffen wir in der Gemarkungsgrenze. In der kurzen Entfernung von kaum einer Wegstunde ist der Fuß der Gebirge erreicht, und bei der beträchtlichen Höhe, zu welcher diese ansteigen, bei ihrer Verschiedenheit in Form und Boden, ist man im Stande im Verfluß eines einzigen Tages, ohne besondere Anstrengung, den Wechsel der Pflanzen von denen, welche das tiefgelegene Wasser und der trockene Flugsand erzeugen, bis hinauf zum Alpenblümlein in allen Abstufungen zu beobachten. Ueber 1300 Species hat, mit Ausschluß der eingewanderten Cultur- und Zierpflanzen, die hiesige, auf eine kleine Tagreise in die Runde ausgedehnte Flora aufzuweisen, worunter manch selten vorkommende sich finden. [1)]

[1)] Rastatts Flora v. J. G. Frank. Heidelberg, 1830.

Denselben Reichthum, dieselbe Abwechselung bietet unsere Fauna. Sind auch das wilde Schwein und der Edelhirsch aus unsern Wäldern gewichen, so sind dieselben doch noch zahlreich belebt von Reh und Hase, Iltis, Marder und Wiesel, Eichhörnchen und Haselmaus, die Flußufer vom Fischotter. Unzählige befiederte Sänger hausen in den Zweigen der Bäume und die schmelzenden Töne der Nachtigall begleitet das taktmäßige Klopfen des bunten, grünen und schwarzen Spechtes. Das Auge ergötzt sich an dem prachtvollen Gefieder des Pirols, des Holzhehers, des Wiedehopfs, des windschnellen Eisvogels. Während der Zaunkönig durch die Büsche schießt, der Storch gravitätisch die Wiesen durchschreitet, der Reiher in den Gewässern fischt, in welchen das gelbe und gemeine Bläßhuhn auf- und niedertauchen und über dessen Spiegel die Möve schwebt, brütet die wilde Ente am stillen Ufer, girrt die Holz- und Ringeltaube im Walde und ertönen die monotonen Rufe von Kibitz und Rohrdommel. In den Hochwäldern der benachbarten Gebirge palzt der Auerhahn und das Haselhuhn. Mäßige, mehr noch kalte Winter führen uns, zur Freude der Jäger und Ornithologen, viele Zug- und Strichvögel, darunter manch seltenen Gast, wie z. B. die Trappe, den Singschwan, viele Strandläufer und Taucher, unter diesen den Eistaucher, die Raubmöve zu, von welchen ein und das andere schöne Exemplar die kleine Sammlung des Lyceums ziert.

Mehr als 30 Fischarten, darunter recht geschätzte, bevölkern die Murg, deren reine Gewässer ihren Bewohnern einen besondern Wohlgeschmack verleihen, weßhalb sie auch weit höher geschätzt werden als die gleichen Arten aus dem Rheine und seinen Altwassern. Der Stör spielt zuweilen an der Mündung der Murg, in welcher der Salm an unsern Mauern vorüber aufwärts steigt, wobei er der goldgetüpfelten Forelle begegnet, die bisweilen zu uns herabkommt.

Aus der zahlreichen Klasse der umher lebenden Insecten sind bereits mehrere Käferarten von Herrn Archivrath Dambacher vortrefflich gezeichnet und beschrieben, und einer gleichen Ehre wären unsere Land= und Süßwasserconchylien werth, unter welchen nicht viele deutsche Arten fehlen.

Dieser Reichthum und diese Manchfaltigkeiten in Pflanzen und Thieren machen Rastatt zur erwünschten Station für Naturfreunde, Forscher und Sammler. Wer aber auch nur Erholung und Genuß im Freien sucht, wozu die umfangreichen, freundlichen, mitunter jetzt schon schattigen und erfrischenden Glacisanlagen, die Dammwege längs der floßbedeckten, heitern Murg, die Stille der majestätischen Wälder, die schöne Aussicht auf die Gebirge diesseits und jenseits des Rheins, die Nachbarschaft vieler stattlicher Orte, das nahe Bad Rothenfels und Baden, die Favorite und die zu uns herabblickenden stolzen Burgruinen einladen, wird vollkommen Befriedigung finden und im Genusse der wechselvollen, wohlthuenden Eindrücke sich gestehen müssen: Rastatts Natur sei nicht die schlechteste in dem überall schönen Baden.

II. Zur Geschichte.

Die ganze Geschichte Rastatts zerfällt in 4 Perioden:
1. Von den ältesten Zeiten bis zur Erhebung zur Residenz der Markgrafen von Baden = Baden nach dem Kriegsbrande im Jahr 1689.
2. Von da an bis zum Erlöschen der baden=badischen Linie 1771.
3. Von 1771 bis zum Beginne des Festungsbaues 1842.
4. Von 1842 bis auf die neueste Zeit.

1. Von den ältesten Zeiten bis auf die Erhebung zur Residenz nach 1689.

Ursprung und Namen.

Wie zu einer besondern Empfehlung bemühen sich viele Localgeschichten den Stammbaum der von ihnen behandelten Orte bis

zu einem römischen, wo nicht noch ältern Ursprunge mit Hilfe
von allerlei sonderbaren etymologischen Kunststücken zurückzuführen,
wobei oft gar lächerliche Dinge als einzige, undankbare Frucht
der mühevollsten Abarbeitungen zum Vorscheine kommen. Wenn
es darum, ohne die richtige Vorstellung der frühern Verhältnisse
zu beeinträchtigen, nur irgend möglich gewesen wäre die Römer
in diesem Theile aus dem Spiele zu lassen, so würde dies gerne
geschehen sein. So aber bleibt nichts übrig als bis zu jenen
Zeiten zurückzugreifen, weil gerade die Bestrebungen und die
besondern Zwecke der Römer während des Besitzes der Rhein-
lande die Ursachen der Bedeutung waren, zu welchen frühe schon
das Dorf Rastetten gelangte.

Rastatt gehörte mit zu der großen Kette von Tiefburgen,
welche von den Römern auf dem rechten Ufer des Rheines,
besonders den Thalmündungen gegenüber, angelegt waren. Ihr
Vorhandensein, römischen Ursprung und Zweck hat Mone (Badische
Urgeschichte Band I pag. 190 ff.) von Rüpur bei Ettlingen bis gegen
Heidelberg vollständig nachgewiesen. Die gleichen Ursachen, welche
dort derartige Niederlassungen und Befestigungen hervorriefen,
gelten auch noch weiter aufwärts, nämlich: zusammenhängender
Schutz der zu militärischen Zwecken angelegten Straßen und Abhaltung der durch die Thäler vordringenden Feinde, welche bei ihren
stets von vielem Fuhrwesen begleiteten Kriegszügen nur die Thal-
wege nach dem Rheine einschlagen konnten. Die Mündung des
Murgthales durfte ebensowenig unbeschützt bleiben, als die von
Straßburg diesseits des Rheins führende Verbindungsstraße. Der
natürliche Zug derselben führte auf dem den Mittel- und Ostrhein scheidenden Hochufer, und die schmalste Stelle desselben, die
wir gerade hier antreffen, war gewiß nicht unbedeckt geblieben,
um so mehr, da der Boden, welchen hier das erwähnte Hochufer
gegen den Mittelrhein bildet und einen natürlichen Hafen dar-
stellte, zu einer bequemen Ankerstelle wahrscheinlich benützt wurde.
Ausserdem möchte wohl die Verbindungsstraße zwischen Baden
und dem auf dem linken Rheinufer gelegenen Selz (Saletio)
hier von der Rheinstraße sich abgezweigt haben. Das Vorhan-

denfein einer beträchtlichen Straße hier vorüber nach Straßburg
zur Zeit des Mittelalters, beweist schon ein in Form eines
Kreuzes noch vorhandener Wegweiser dahin mit der Jahreszahl
1571. Es stand dieses Kreuz vor Beginn des Festungsbaues
in der Nähe der Stelle, wo sich jetzt vor dem kehler Thore
die Straßen nach Offenburg und Kehl theilen. Jetzt treffen wir
daselbe auf neuem Stamme unmittelbar vor dem kehler Pali=
sadenthore an. In der Mitte der Kreuzbalken befinden sich neben=
einander zwei gleich große, nicht ohne Kunstfertigkeit in halb=
erhabener Arbeit ausgeführte, Wappenschilde, wovon der rechts
das badische und sponheimer, der links das rastatter Wappen
zeigt.

Für einen gewöhnlichen Weg war ein solcher Wegweiser vor
300 Jahren zu luxuriös, die hier sich theilenden Wege müssen
also von großem Belange, in gleicher Weise angelegt und frequent
gewesen sein. Zu jener Zeit und unmittelbar vorher entstanden
diese Straßen nicht, man unterhielt nur das längst Vorhandene,
dessen erstes Material unter der allmähligen Erhöhung gänzlich
verschwunden sein mag. Noch leichter konnte und mußte dies
geschehen mit der von hier nach Selz führenden Verbindungsstraße,
gegen deren Bestand man einwenden könnte, daß a) die große
Ausdehnung des dazwischen liegenden Rheines eine solche nicht
zuließ und b) bis jetzt keine Spur einer solchen aufgefunden
worden sei.

Wenn jedoch zur Zeit der Römer die ganze Gegend zwischen
Selz und Rastatt mit Wasser bedeckt gewesen wäre, was indeß
keineswegs der Fall war, so wäre dies kein Grund für jenes
Volk gewesen eine als nützlich erkannte Verbindung zu unter=
lassen. Sie rühmen sich, daß von ihnen kein natürliches Hin=
derniß unüberwunden bleibe, wo es gelte, höhere Zwecke zu er=
reichen [1]). Außerdem ragten auf dieser Strecke schon frühzeitig

---

[1]) Non fluminum meatibus, non objectu montium, non itinerum errore
tardabitur. Omnia adversum barbaros patent, quae sunt munita pro nobis.
Symmachi laudes Valent. 2. 3.

große und feste Inseln aus dem Rheine hervor, die einen Ueber=
gang und wohl unterhaltenen Verbindungsweg leicht ermöglichten.
Im Jahr 1840 wurde in der Brufert [1]) der ehrwürdige Rest
einer Eiche gefällt, die in ihrem Umfange über 36′ maß und,
obgleich hohl und astlos, noch 45 Klafter Holz abwarf. Frank
hat deren Alter in der Flora Rastatts auf beiläufig 1500 Jahre
berechnet. Bis aber auf allmählig hervortretenden Flußinseln
die Königin unserer Forste sich niederlassen und gedeihen kann,
da müssen dieselben schon lange zuvor feste Gestaltung angenommen
haben und mit Vegetation niederer Orte dauernd überkleidet ge=
wesen sein. Dasselbe Verhältniß muß beim obern Walde statt=
gefunden haben, an dessen östlichem Eingange vor 20 Jahren
noch eine beiläufig 1000jährige Eiche prangte. Diese Inseln
waren durch Bock=Brücken verbunden [2]) um zuweilen höher gehende
Wasser durchzulassen. Zu letzterm Zwecke waren sie festen Däm=
men vorzuziehen, welche indeß an passenden Stellen ebenfalls
angelegt wurden, und wovon in unserer Umgebung der Ort
Steinmauern noch ein Ueberbleibsel zu sein scheint. Der Ueber=
gang über den Thalweg des Rheins wurde leicht durch Schiffe
und Flöße vermittelt, wovon uns die römische Kriegsgeschichte
Beispiele genug aufweist.

Bei dieser Terrainbeschaffenheit konnte eine ununterbrochene
Römerstraße, wie man sie gewöhnlich mit quadratischen Steinen
fest gepflastert sich vorstellt, nicht vorhanden sein, darum auch
bis jetzt nicht entdeckt werden. Hätte aber auch eine solche bestan=
den, so müßte sie bei den vielen Ueberschwemmungen, denen die
Gegend durch die beiden Flüsse ausgesetzt war, und bei den fort=
während Culturarbeiten der Menschen, so tief unter dem durch
durch diese Faktoren erhöheten Boden anzutreffen sein, daß sie
durch zufällige Aufgrabungen nicht wohl erreicht würde.

Wir haben schon in den topographischen Beiträgen erfahren,
daß eine beträchtliche Torfschichte mehrere Fuß hoch mit Kiesel=

---

[1]) Siehe Kärtchen.
[2]) Cf. Rückert, römisches Kriegswesen p. 62 und Taf. III. 4.

gerölle überdeckt vorhanden sei und bei Grabung eines Kellers im Hintergebäude des Kaufmann Gall fand sich 6 — 8' tief ein noch ziemlich erhaltenes Schiff im Kiese begraben; ebenso förderte die Aushebung der Fundamente der jetzt im Bau begriffenen Fruchthalle unter einer Lettschichte Reste früherer Gebäude, wie gewaltige Thorangeln, Glastrümmer u. dgl. zu Tage, Beweise genug, daß schon cultivirte und bewohnte Strecken wieder über= fluthet und tief begraben wurden. Aber auch ohne solche Ueber= schwemmungen finden sich unbeachtete und vernachläßigte Werke der Menschen über dem Boden, bald unter demselben. Das im Jahr 1838 über der Brücke zu Heidelberg bei Neuenheim aufgefundene Mithräum, von dessen Vorhandensein ich meinem damaligen verehrten Lehrer, Herrn Geheimerrath Creuzer, die erste Kunde brachte,[1] gerieth, auch ohne verwüstende Naturereig= nisse, blos durch jahrhundertlange Vernachläßigung neben der Straße so tief unter die Erde, daß sein Dasein Niemand ver= muthet hätte.

Aufgrabungen in neuerer Zeit durch Bauveränderungen z. B. bei Bierbrauer Ampt, Conditor Nuffer, Bierbrauer Prinz u. A. führten zur Entdeckung von zwei über einander liegenden, durch eine oft 6' dicke Erdschichte von einander getrennten Straßen= pflastern in ziemlicher Tiefe. Ketten, Schlösser, Waffen, Messer, Thonarbeiten, unter letztern eine hübsche Statuette des heiligen Franziskus, welche Gegenstände sorgfältig mit Verzeichnung ihres Fundortes und sonstiger, den Fund begleitender Umstände, von Bürgermeister Hammer aufbewahrt werden, wurden bei eben die= sen Arbeiten ausgegraben. Von vielen ist das Alter sicherlich nicht hoch und in kurzer Zeit waren sie lediglich durch Bodenverän= derung mittelst Menschenhände tief überdeckt. Wie viel mehr mußte dies nun bei Strecken, welchen vor beiläufig 1500 Jahren die Aufmerksamkeit und Pflege entzogen war, beim Zusammen= wirken der zwei genannten Faktoren der Fall sein! Dessen un= geachtet dürfte vielleicht dennoch eine Spur früherer Wegver=

---

[1] Creuzer, neue und verbesserte deutsche Schriften. 2. Abth. 2. Bd.

bindung existiren. Mone vermuthet nämlich (badische Urgeschichte
I. 146) wegen der alten Bezeichnung „Uff dem Howeg" das Ueber=
bleibsel einer römischen Straße oder wenigstens Wegverbindung bei
Ottersdorf. Ein Theil der Gemarkung Ottersdorf war eben so
unverkennbar Rheininsel wie unser Oberwald und die Brufert.
Zwischen der ottersdorfer Gemarkung und dem Oberwalde finden
sich im Altrheine, an der auf dem topographischen Kärtchen, Lit. D,
angedeuteten Stelle, tief im Schlamme regelmäßig, wie zu einer
Brücke eingerammte Eichpflöcke, auf deren Vorhandensein zuerst Herr
Commerell, Großh. Stabsguide, bei genauer Untersuchung der
Umgebung Rastatts aufmerksam machte. Weder das Gedächtniß
der ältesten Leute, noch Ueberlieferungen, noch Grenzbeschreibungen,
die wir von 1558 her besitzen, noch der zwischen Rastatt und
Ottersdorf getrennte Besitz an jener Strecke, noch irgend eine
andere Beziehung lassen auf das frühere Vorhandensein einer
Verbindungsbrücke schließen, oder dieselbe auch nur als nützlich
erscheinen. Es dürfte daher vielleicht nicht zuviel gewagt sein,
diese Reste eines mühevollen und sorgfältig angelegten Werkes
einer Zeit zuzuschreiben, welche über die allemanischen Gemarkungs=
theilungen hinaufreicht, von welcher Zeit an auch gesundes Eichen=
holz unter dem Boden ohne Luftzutritt, und bei etwas bitumi=
nöser Beschaffenheit des deckenden Schlammes, wie er gerade
dort sich findet, auszudauern wohl im Stande ist.

Ein steinernes Zeugniß, das sich jetzt in der Antiquitäten=
halle zu Baden befindet, spricht indeß noch deutlicher für das
Vorhandensein irgend einer römischen Niederlassung hier. Es ist
dies ein Merkuriusaltar, der bei dem Mauerwerke der alten
Bernharduskirche, die eine weit größere Ausdehnung als jetzt
hatte, aufgefunden wurde. Er scheint der Sage, daß an jener,
dem Merkur geheiligten Stelle einst Rheinschiffe anlegten, einigen
Halt zu geben. Die Richtigkeit dieser Sage zugegeben ließe sich
der Name der Stadt, früher Rast=stetten, ein Ort, woselbst man
Halt machte und ausruhete, unmittelbar aus diesem Verhältnisse
herleiten. So nannten den Ort die Römer aber sicherlich nicht,
darum leitet Mone (badisches Archiv I. 230) den Namen ab von

dem alt hochdeutschen Rasta: Meile, Stunde, und statio Nieder=
lassung, besonders zu militärischem Zwecke. Ist Rasta = 2 römi=
schen Meilen, oder besser Leugen, nach welchen am Oberrheine
gerechnet wurde, so würde Rastatt, das zum Militärdistricte Selz,
von welchem es in gerader Linie eine starke Stunde entfernt ist,
gehörte, römisch geheißen haben: statio ad secundum milliare, oder
besser ad alteram leugam. Um verstanden zu werden übersetzten
die Landeseinwohner „ad secundum milliare" mit Rasta und
„statio", wie das bei sehr vielen Orten römischen Ursprungs ge=
schah, mit Steten. In den Urkunden, welche sogleich sollen er=
wähnt werden, heißt auch anfänglich der Ort „Rast=steten",
später „Rasteten", seit der Mitte des 17. Jahrhunderts bald
„Rastatt", bald „Rasteten", bis er von der Zeit seiner Er=
hebung zur Residenz dauernd „Rastatt" genannt wird.

Wachsthum.

Die Bedeutung, zu welcher frühe schon dieser Ort gelangte,
liegt übrigens nicht in dem Vorhandensein einer römischen Nieder=
lassung allein, sondern vielmehr darin, daß hier die Römer zum
Schutze ihrer weiter abwärts auszuführenden Flußbauten, welche
aus strategischen und Gesundheitsrücksichten geboten waren, der
Murg und dem Dosbache und mit diesen einem Theile der Ge=
wässer des Ostrheins einen Ausgang in den Mittelrhein ver=
schafften. Jetzt noch ist nicht schwer zu erkennen, daß ehedem
die Murg im Vereine mit dem Ostrhein längs des Gebirges
hin floß. Zwischen Oetigheim und Rastatt scheint einem Theile
derselben mit dem vom Eichelberge herkommenden Feder= (früher
Pfetter=) Bache zuerst ein Ausfluß eröffnet worden zu sein.
Weil vermuthlich diese Ableitung nicht genügte, so wurde ihr
mit dem Dosbache, an der schmalsten Stelle des Hochufers, un=
mittelbar oberhalb Rastatt, ein Durchgang gebahnt. Die Spuren
der künstlichen Durchbrechung zwischen dem Dr. Haug'schen, ehedem
hochgelegenen Garten, der von dem Postbuckel durch eine eben=
falls künstliche Hohlgasse getrennt war, und dem Kapellenberge
waren unverkennbar noch vor 10 Jahren zu sehen.

Jetzt sind die erstgenannten Punkte mit ihrer ganzen Umgebung abgetragen, der damalige Zustand aber auf unserm Situationsplane, Lit. E, eingetragen. Murg und Dos, welche letztere nicht weit von hier aus einem das ganze Thal zwischen Rastatt, Niederbühl, Haueneberstein und Sandweier erfüllenden See kam, waren durch sorgfältige Uferbauten genöthigt ihre hier vereinten Gewässer an Rastatt vorüber dem Rheine zuzuführen, wodurch die weiter abwärts gelegenen Strecken vor Versumpfung und Ueberfluthung gesichert, an dem Zusammenflusse selbst neuer, lebhafter Verkehr erzeugt wurde. Auf Murg und Dos nämlich wurden von Gernsbach und Baden her Schifffahrt und Handel, besonders Holzhandel mittelst Flößerei, lebhaft betrieben. In ersterem Orte besteht jetzt noch eine, den Holzhandel durch Flößen schwunghaft treibende, Schiffergesellschaft, die aus uralter Zeit stammt [1]). Aber auch Baden hatte eine solche aufzuweisen und daß auch diese die Gelegenheit zur Flößerei lebhaft ausgeübt haben müsse, beweist ein dort noch vorhandener Denkstein, welcher von einem Gliede der Schiffer- oder Flößergilde dieser Römerstadt dem Neptun gesetzt wurde, was um so bemerkenswerther erscheint, als der Name dieses Gottes kaum sonst in unsern rheinischen Gegenden vorkommt [2]).

An den auf beiden Flüssen getriebenen Geschäften muß Rastatt sehr lebhaften Antheil genommen und Nutzen daraus gezogen haben. Als nämlich die Uferbauten des zwischen Rastatt und Sandweier gelegenen Sees, oder Landteichs, wie die Urkunden ihn nennen, im Jahr 1494 einer beträchtlichen Reparatur bedurften, mußte Rastatt an den auf 107 ℔ 15 Sch. Pf. erlaufenen Kosten allein 50 ℔, also nahezu die Hälfte der ganzen Summe zahlen. Die Kostenrepartition scheint sich aber nach dem Nutzen, welchen die beitragpflichtigen Orte von dem Landteiche machten, gerichtet zu haben; denn aus einem von 5 Schiedsrichtern aus Durlach,

---

[1]) Jägerschmid, Baden und der untere Schwarzwald. 1846. p. 157. ff.

[2]) Bähr in den Heidelberger Jahrbüchern von 1853, 2. Hlfte. p. 936.

Baden, Ettlingen, Gernsbach und Dachsland hierüber gegebenen
Entscheide erfahren wir, daß unter denen hiezu beitragpflichtigen
Orten: Baden, Dos, Balg, Hafen=Eberstein, Rastetten, Nieder-
büel, Sinzheim, Steinbach, Sandweier, der Müller allda, die
5 Dörfer im Ried, [1] Baden für sich nur 35 Sch. Pf. zu entrichten hatte, „und das von irs Holzflotzens wegen So sie für-
„genommen haben von Baden uff der Ose undersich abe und
„durch den gemelte Deich zu üben. Wo aber die von Baden
„des willens weren, sollich flotzen ganz abzustellen, So haben
„die andern Parthien gewilligt, das alsdan dieselben von Baden
„an dem Buwe gemelten Dichs nichts geben sollten und daby
„lassen es die obgemelten fünff Schiedmenner auch bliben.“

Für Baden war also die Flößerei damals so unbedeutend,
daß ihretwegen dem Neptun wohl kein Denkstein würde errichtet
worden sein. Ist es erlaubt von dem Verhältnisse des damaligen
Kostenbeitrags auf den Gebrauch und Nutzen schließen und dieses
Verhältniß unverändert auch für sene Zeit beibehalten zu dürfen,
als Badens Verkehr zu Wasser noch eines Denksteins für den
Neptun werth war, so läßt sich ermessen, in welcher Blüthe

---

[1] Von den fünf Dörfern im Ried sind jetzt noch Plittersdorf, Ottersdorf und Wintersdorf vorhanden. Moffenheim scheint ebenfalls ein solches
gewesen zu sein, beiläufig zwischen Ottersdorf und Plittersdorf gelegen und
mit seinem Banne an die rastatter Gemarkung angegrenzt zu haben. Zu der
Rheingrenzkarte wird dort ein ehmaliger Muffler Bann und Muffler
Gärten aufgeführt und folgende Stelle im ältesten hiesigen Ortsbuche Fol. 27.
spricht dafür: „Nota uff dornstag nach dem Sontag Invocavit Anno 1489
„hat Hanus floßer Bürgermeister der Zyt zu Rastetten durch empfelhen
„Schultheiß und Gericht, gelehenet den Rietweerde, umb Schutzelauß, und
„andern von Moffenheym 10 Jare lang, und solle denselben Weerde jerlichs
„besetzen mit zwentzig Widen, und den Zins 10 Sch. Pf. davon jerlichs,
„uff sant Jörigen tag, geyn Moffenheym zu antwurten on alle Inrede oder
„Irrungen, Auch ist herrin bedacht und uffgedingt, ob die von Moffenheym
„nach sant Martins tag, Ire Viehe Jnen ungeverlich Jn den Weerde giengen
„solle von den von Rastetten, oder Rynawe, gegen Jnen ungeverlich, ge-
„halten werden in der eynung, doch so sollent die von Rastetten, den Weerde
„behüten, und beschürmen.“ Wann und durch welchen Anlaß dieser Ort verschwand, habe ich bis jetzt nicht ermitteln können.

schon aus dieser Ursache Rastatt zur Zeit der Römer müsse ge=
standen haben. Hieraus erklärt sich wieder genügend die große
Bedeutung, in welcher wir Rastatt schon zur Zeit des Mittel=
alters erblicken werden.

Quellen.

Für die äussere Geschichte unserer Stadt sind zwar für diese
Periode nur sehr spärliche Reste, die später benützt werden sollen,
vorhanden, weßhalb wir auch nicht im Stande sind, dem Leser ein
wechselvolles Bild äusserer Schicksale zu entrollen, wie dies bei
der Geschichte selbst von Orten minderer Bedeutung zuweilen
möglich ist. Er muß also darauf verzichten sich an der Beschrei=
bung gewaltiger Kriegsthaten, Belagerungen und Vertheidigungs=
maßregeln, wobei oft die mannhaftesten Persönlichkeiten und
Tugenden in den Vordergrund treten, zu ergötzen und zu be=
wundern den Heldensinn und die Opferwilligkeit der Einzelnen,
wie der Gesammtheit, worin jene Zeiten nicht selten die unsrigen
übertreffen. Dagegen gestatten uns die vorhandenen Urkunden
einen Blick in die innere, friedliche Entwickelungsgeschichte und
den Zustand eines Gemeinwesens, dessen ganze Organisation von
einem Geiste der Einsicht, der Einfachheit und Billigkeit durch=
weht ist, der zu unwillkürlicher Achtung vor jenen Generationen
nöthigt, die solche Dinge schufen. Das verschriene Zeitalter,
an dessen Fehlern nur festzuhalten zur Gewohnheit geworden ist,
erscheint uns dabei in einem Lichte, das in vielen Fällen mit
mehr innerer Milde und Wärme strahlt, als das gepriesene von
jetzt, das zu oft nur flittert und gleißt, ohne zu erwärmen und
zu befruchten.

Die hauptsächlichsten Quellen für die Kenntniß dieser Zustände
finden sich in der Gemeindsregistratur auf dem hiesigen Rath=
hause. Sie bestehen:

1. In einem alten Dorfbuche in 4°, aus 18 Blättern von Perga=
ment und 50 Blättern von Papier. Es enthält dasselbe zunächst die
Berechtigungen, welche dem Markgrafen und dem Dorfe Rastetten
an die Höfe, die auf hiesiger Gemarkung lagen, zustanden. Eine

Jahrzahl, wann dieselben niedergeschrieben wurden, ist dabei nicht angegeben, doch scheint dies, wenn nicht früher, in den letzten Jahren des 14. Jahrhunderts geschehen zu sein, da auf Fol. 8, nachdem einige Seiten freigelassen sind, von einer andern Hand die Worte stehen:

„Nota. Diß ist Hupweßen der minnem Herrn zugehört von dem Dorf zu Rastetten Anno domini 1423." Diesem Anfang folgt nichts weiteres nach. Darauf kommen auf den folgenden Blättern Notizen über Eckerichberechtigung der Rastatter in den Hofwäldern; die Verhandlungen über die Reparatur des Landteichs und Vertheilung der hierdurch veranlaßten Kosten; eine Fischerordnung auf der Murg für Rastatt und Kuppenheim von 1405; Verträge über Vermögensübergaben; Hausverkäufe; Nachbarsberechtigungen; Bürgerannahmen; Almend= und Faselverleihungen; Polizeimaßregeln; Entscheidungen über Anstellung von Bediensteten; Zollfreiheit für gewisse Handelsartikel; Notizen über Theuerungen u. dgl. Die Aufeinanderfolge ist nicht chronologisch, sondern Jüngeres oft vor Aelterem eingetragen, wo gerade noch hierzu eine Seite frei war.

2. „Ordnung Buch, auß alten Ordnung Büchern abgeschrie= „ben im daufent fünffhundert und sechzigsten Jahr."

Mit dem Reimspruche:

„Wo man gut Ordnung steyff hellt
„Dasselbig Gott wol geselt
„Vnnd kompt der Oberkeyt vnd gemein zu gut
„Gott halt vnns all in seyner Hut"

Es enthält auf 132 Folioblättern die ganze Verfassung des Ortes, welche nachher kurz soll dargestellt werden; eine Feld- und Waldpolizei und die Markungsbeschreibung. Die übrigen 34 Blätter enthalten Rathsprotokolle, die von 1648 — 1652 reichen und denen noch einige Nachträge aus den Jahren 1692 und 1693 beigefügt sind.

3. Ein Bruchstück einer alten Gemeinds= Rechnung, zwar ohne Jahresangabe, doch gehört sie, wie aus andern Umständen geschlossen werden kann, dem Jahr 1593 an. Auf einem, dem

nun geordneten Fragmente beigelegten, Blatte habe ich dies zur Genüge dargethan.

4. Ein Bed=Buch von 522 Blättern in Fol. auch ohne Jahreszahl, wahrscheinlich jedoch aus dem Anfange des 17. Jahrhunderts, wie sich aus den darin vorkommenden Namen und den Schriftzügen in Nachträgen, denen wir 1648 in einigen übrigen Urkunden wieder begegnen, ergibt.

5. Stücke von Rathsprotokollen von 1648—1687, in welchen die Nr. 2 erwähnten Protokolle ebenfalls enthalten sind.

6. „Polizey Ordnung deß Fleckhens Rastatt. Renovirt Anno Domini 1658" auf 252 Blättern in Fol. In ihm ist der Inhalt von Nr. 2 abgeschrieben, ebenso das meiste von Nr. 1. Hiezu kamen noch eine erneuerte Fruchtmarktordnung, Markungsbeschreibungen und einiges Neuere.

7. Forstordnung von 1673.

8. Polizei = Ordnung, renovirt Anno Domini 1758, auf 644 Folioseiten. In ihm findet sich der Inhalt von Nr. 2 und Nr. 6, dazu noch Regierungserlasse seit 1658, eine neue Wochenmarkts= und Brückengelderordnung und einiges Neuere.

Diese Quellen sind, mit Ausnahme von Nr. 4 und Nr. 7, von Herrn Archivdirector Mone zwar im badischen Archiv I. pag. 228. ff. zu Beiträgen für die ältere Geschichte Rastatts so vortrefflich benützt und zum Theile wörtlich abgedruckt, daß es überflüssig, ja nach solcher Behandlung gewagt erscheinen möchte, nochmal darauf zurück zu kommen; weil dies jedoch wegen des Zusammenhanges unvermeidlich ist, so wird mir der berühmte Herausgeber des badischen Archivs eine theilweise Benützung seiner verdienstvollen Arbeit nicht verübeln und der Leser gestatten, ihn zuweilen, um nicht schon Gesagtes wiederholen zu müssen, auf jenes Werk zu verweisen.

Größe und Einwohnerzahl.

Während die kleinern Orte der Nachbarschaft: Kuppenheim, Muggensturm, Stollhofen in Urkunden des 14. und 15. Jahrhunderts Städte genannt wurden, [1]) heißt Rastatt Dorf. Es hatte jedoch dieses Dorf damals schon eine Ausdehnung und Einwohnerzahl, welche sicherlich die jener Städtchen weit über= traf. Es können nämlich in dem Rechnungsfragmente von 1583 noch 320 Gabholzberechtigte gezählt werden. Betrachtet man diese als die Häupter von eben so vielen Familien, so erhält man, diese Zahl mit 5½ bis 6 multiplicirt, eine Seelenzahl von 1700 — 1800. Das Bedbuch zählt 340 steuerpflichtige Personen auf und sind darunter auch einige ledige begriffen, so bleiben immer noch 300 Bürger, was der oben berechneten Ein= wohnerzahl wieder entspricht.

Diese für ein Dorf damals große Einwohnerzahl deutet auf ein schon sehr frühes Vorhandensein von Bedingungen, die erfor= derlich waren, Viele zu ernähren, Vielen Gelegenheit zum Er= werbe darzubieten, wodurch Bewohner selbst aus entferntern Gegenden angelockt wurden, sich hier niederzulassen. [2])

Die Einwohnerzahl mehrte sich auch durch die Vereinigung mehrerer Orte und Höfe mit Rastatt. Im 14. Jahrhundert waren damit schon vereinigt Bodemshausen und Rheinau. Von letzterm ist gegen den Rhein hin jetzt noch eine beträchtliche Anzahl Häuser mit 250 Einwohnern vorhanden, welche mit Rastatt eine Gemeinde bilden. Ersteres lag zwischen Rheinau

---

[1]) Anno 1309 verkaufte Eberlin von Windek an Markgraf Rudolph I. von Baden „die stat zu Stollhoven". Schöpflin, Hist. Zaer. Bad., Cod. diplom. V. p. 328.

1318 trägt Markgr. Frd. II. der Abtei zu Weißenburg seine Stadt Kuppenheim zum Lehen auf. Ebend. p. 362.

1387 verkauft Graf Wolf v. Eberstein die Hälfte der Burg und Stadt „Muggensturm" an Markgr. Rud. VII. Ebend. II. p. 128.

[2]) „Als vf hüt dato Heinrich Zwigk scherer von Spir ettliche Jare „by vns zu Rastetten hüßlich gesessen rc." Urkunde Nr. 1 Fol. 41.

„Vnd seyndt damahlen zun Jungen Burger Angenomen worden Frantz „Rhün zun Oetigheim, Hanß Adam Adelheim zun Cuppenheim, Ruklauß „Werdt auß Lothringen, Matin Weckh auff dem Stüfft Würtzburg." Ur= kunde Nr. 2 Fol. 158.

und Plittersdorf. Ein Theil des Feldes dort heißt jetzt noch
Bollmannshauser Feld, welcher Name dem verschwundenen
Orte schon 1665 gegeben wurde, wie aus einer Marksteinunter=
suchung und Erneuerung, die in Nr. 6 nachgetragen ist, sich
ergibt. Daß hier der Ort und nicht rechts von der kehler
Straße zwischen Rastatt und Iffezheim, wie anderswo angenom=
men wird, gelegen habe, beweist die Gemarkungsbeschreibung,
welche nicht bei der obern Mühle beginnt, sondern am „Miel=
berg, genannd der Riedweerde," der über dem Altrhein, rechts
von dem Fahrwege nach Ottersdorf zu suchen ist. Die Mark=
beschreibung geht darauf, das Gesicht von Rastatt abgewendet,
rechts zwischen dem Ried, Steinmauern, Oetigheim, Muggen=
sturm, Niederbühl, Sandweiher fort und endet zwischen Rastatt
und Iffezheim. Schon nach den 15 ersten Steinen, die nur
40, höchstens 80 Schritte von einander stehen, werden die Steine
in Bodemshausen genannt und von einigen gesagt, daß sie in
die Murg fallen. Gerade an der bezeichneten Stelle floß ehedem
die Murg, [1] nie in dem Felde gegen Iffezheim. Diese Steine
wurden 1699 vom Bürgermeister und einigen Rathsgliedern von
Rastatt, dem Schulz und Bürgermeister von Plittersdorf und
dem von Ottersdorf wieder aufgesucht und berichtigt. [2] Hätte
der Ort zwischen Iffezheim und Rastatt gelegen, so wären zur
Grenzberichtigung nicht die Ortsvorsteher von Plittersdorf und
Ottersdorf, sondern die von Iffezheim beigezogen worden.

Auch zwischen Rastatt und Iffezheim, beim jetzigen Rheinfelde,
mag eine ziemlich bewohnte Stelle gelegen haben, da bei den
vor nicht langer Zeit dort vorgenommenen Culturarbeiten aller=
lei Stücke zerbrochener Haus= und Küchengeräthe, darunter auch
metallene, in ziemlicher Anzahl aufgefunden wurden.

Auf rastatter Gemarkung befanden sich ferner 4 Höfe: 1) der
Hof zu Breitenholz gehörte dem Abte zu Selz, aus welchem

---

[1] Cf. Situationsplan.

[2] Nachtrag in Nr. 6. Fol. 149.

Umstande sich auf eine frühe und bequeme Verbindung zwischen Rastatt und Selz schließen läßt. 2) Der Hof bei der Rheinau, 3) der Münchhof, die beide dem Kloster Herrnalb gehörten. 4) Der Sibotin-Hof, der seinen besondern Eigenthümer hatte, welcher den Hof vom Fürsten zum Lehen trug.

Die 3 letztern wurden ganz zum Gemeindsverbande gerechnet, hatten gegen die Gemeinde, wie die Gemeinde gegen sie allerlei Berechtigungen, die in Urkunde Nr. 1. zu Anfang aufgezeichnet und im bad. Archive I p. 274. ff. abgedruckt stehen. Der letztere war blos durch einige Servituten gegen den Landesherrn und die Gemeinde mit dieser verknüpft.

Alle 4 sind seitdem verschwunden und ihre Gründe so vollständig in der rastatter Gemarkung aufgegangen, daß keine Spur mehr an ihre ehmaligen Besitzer erinnert, außer daß einige Gewannbenennungen, wie: Hofwald, Münchfeld, Käs- und Brodäcker,[1] beim Sy- oder Sauhäuschen ihr Vorhandensein, ihre Lage und theilweise ihre Beziehungen zu Rastatt im Volksmunde unbewußt fortleben läßt. Hiernach lag der 1. Hof rechts, der 2. links unterhalb der Rheinau, der 3. auf dem jetzigen Münchfeld, links der kehler Straße, der 4. wahrscheinlich gegen den Niederwald.

Lage und Bau.

Dieses stark bevölkerte Dorf des Ufgaues[2] lag, wie die jetzige Stadt, zum Theil auf dem Hochufer, zum Theile in der Niederung, erstreckte sich jedoch nicht bis auf das linke Murgufer. Es hatte mehrere freie Plätze, eine Kirche, Rath- und Schulhaus, Fruchthalle, öffentliches Waarenmagazin, Badhaus, Hospital,

---

[1] Die von Rastetten hant och reht zu demselben Hof, an dem montag irm crutzgang zu gen dem Bilgerrein vff gen Uffesheim. Wan der crutzgang herwider heim get so soll der Hofmann kes vnd brot geben ob dem brunnen der do heisset der bruchbrunne vmb daz so sollen inn die von Rastetten beschützen und behegigen." Dorfbuch Nr. 1 Fol. 6.

[2] Baber, J., Wahrer Ursprung Badens, p. 9.

Posthaus, Schlachthaus, 2 Mahl=, eine Oel=, Stampf= oder
Plauel= und Sägmühle, wenigstens 12 Gassen, 2 Brücken und
war rings umschlossen mit einem Hagwerke, durch welches an
den Hauptwegen Ausgänge führten, die mit Thoren von Flecht=
werk, Serren genannt, versehen waren. Die Gassen scheinen
geradlinig angelegt gewesen zu sein, weil die Wächter sie von
gewissen Standpunkten aus durchschauen und ihre Stundenrufe
gehört werden konnten. [1])

Die Gebäude standen nicht, wie dies bei Dörfern gewöhn=
lich der Fall ist, von einander abgesondert, sondern enge gedrängt,
weil die große Einwohnerzahl Sparsamkeit bei Benützung der
Bauplätze nothwendig machte. Die vielen Protokolle über Ver=
träge und Streitschlichtungen wegen Nachbarsgerechtigkeiten, als

---

[1]) „Welcher gegen der prucken rufft, soll das erstmal rüffen vff dem
„platz, das mans in beiden Herbergen vnd sonst hören mag, vnd soll also
„hindenhin vff den den öberrein gen gegen derselben stigel daselbst vmb sich
„sehen, ob er auffwendig kein feür oder nichts sehen könde auch fleyssig
„horchen ob er sonst kein sturmglock oder nichts hör, darnach soll er gegen
„der prucken gen bey demselben gesslin auch die Stund rüffen, darnach für
„die Ziegelhüt hinab vff derselben werben auch gegen dem Dorff rüffen,
„darnach wider sich zum radthuß verfügen. Der gegen der Kirchen rüfft
„soll das erstmal an der gassen gegen Kornhauß hinüber rüffen damit mans
„in beyden gassen hören mögt, dann soll er gen biß zum ersten brunnen
„an der gassen gegen der kirchen, daselbst auch rüffen das mans dieselbig
„gaß hinab höret, darnach soll er für baß bey dem Badstuben brunnen,
„dieselbig gaß hinab auch rüffen, vnd also fort gen biß zu der kirchen
„daselbst auch rüffen, darnach an den Niderrein das Dorff hinab rüffen,
„daselbst bey den gärtten vmb sich sehen ob er nirgent kein feür auffwendig
„oder im Dorff sehen möge auch fleyssig vfflosen ob er kein sturmglock oder
„nichts höre, damit so vnsern nachpurn etwas begegnet man inen Hilff thon
„möchte, darnach hinden herumb gen gegen der murgen, damit sy allenthalben
„sorg tragen, vnd das Dorf nachts durchgangen werd . . . . sy sollen auch
„fleyssig acht haben, das die serren beschlossen syhen, vnd niemant durch=
„lassen, es syhe dann Post reütter, vnd so yemand durch begertte, der
„zollbare gütter füert, sollen sy nitt vff thon oder durchlassen on Vorwissen
„deß Zollers vnd wo sy befinden das die serren nitt beschlossen sint, sollen
„sys dem Schultheisse, Zoller oder Bürgermeister anzeigen." Ordnungs=
buch Nr. 2 Fol. 9.

Durchgänge, Fensterrecht, Dunglagen u. dgl. im Dorfbuch Nr. 1 beweisen dies zur Genüge. ¹)

Ob den erwähnten Gebäuden auch eine Burg, oder Schloß beizuzählen sei, da im Bedbuch Fol. 16 von einem Burgstadel ²) die Rede ist, weiß ich nicht. Gegen Ende des 16. Jahrhunderts schien jedoch der Ort dem Markgrafen Eduard Fortunatus statt= lich, die Lage angenehm genug gewesen zu sein um hier ein Schloß zu erbauen, das von ziemlichem Umfange gewesen sein muß, da hiezu mehrere Gebäude expropriirt wurden. ³) Da

---

¹) Ein solcher Entscheid, statt vieler, mag hier zum Belege der Sache und als interessantes Muster von Genauigkeit stehen: „Zwischen Johannes „wurtzkremer an einem, vnd Johann Zollschriber dem anderteile, Ist von „Schultheis vnd Gericht zu Rastetten vff hüt dato, entscheidt gegeben, von „Iren spenne die sie zwischen ihren Hüsern gehabt hand, Item Johannes „wurtzkremer solle einen verdeckten kennel an sin Huß für den wasserstein „machen vnd daselb wasser vff dem wasserstein kommende vff der erden „vnder sinem dache biß in sin hoffreiten, ohne schaden Johannes Zolschribers. „Item der obgenannt Johannes wurtzkremer solle auch by der nachgemelt „straff dhein segut, Brunz, noch ander vnreyne dingge nutzigt, vff sinem „Huß schütten In Johannes Zollschribers Hoffreit. Item die Laden düren „In Johannes wurtzkremers Huß sollent mit geremschen uffschlagen sin, „damit nyemant die gebrauch da uß oder inn zustigen, oder schliefen, noch „wandeln, sunder dieselben Laden oder düren nit wytter zu gebruchen, „dann der bag dahynn In zugen, Johann Zollschriber solle auch by der nach= „gemelten straff keinen müst an wurtzkremers Huß legen noch machen, sunder „Zedteile gegen den andern sich nachburlich zu halten, alles one alle geverde, „vnd wer es sache, das der obgemelten parthyen, eyn der egemelt stuck „eyns oder mee verbreche vnd das kuntlich fürbracht wurde, so offt das „beschee solle derselbe teile, one alle gnade, geben dem gericht 10 Sch(illing) „Pf(enning). Geben vnd gescheen vf samstag nach sant Anthonie Tag „Anno 1488." Ortsbuch Nr. 1. Fol. 25.

²) Der Burgstaden wird in der Polizeiordnung Fol. 118 schon 1460 ge= nannt und Bedbuch Fol. 102. 131ᵇ. 154. 156ᵇ. 169ᵇ. kommt ein Römer= weibel vor.

³) „Seindt diße bede Behausung vnd hoffreitten, so auch Metz= „gers vnd Alexander Böhems gewessen, vnd nachmahlen vff Bernhardt „Ramms vnd Claus Seittern kommen, Jetzund in fürstlichen Bauw vnd

auch seine an Luxus gewöhnte Gemahlin hier am 23. Januar 1595 ihren 2. Sohn Hermann Fortunat gebar, so scheint dasselbe auch eine seinem Umfange entsprechende fürstliche innere Einrichtung gehabt zu haben.

Verfassung.

Der Ort, früher den Grafen v. Kalw, war seit Gründung der Markgrafschaft Baden durch Hermann I. in unverändertem Besitze der Fürsten dieses Hauses. [1] Obschon die Einwohnerschaft leibeigen und auf den Nexus der Leibeigenschaft mit Strenge gehalten wurde, [2] so finden sich, in den hiesigen Urkunden wenigstens, keine Spuren, daß hieraus irgend welche Dienstleistungen wären abgeleitet worden. Das Regiment des Ortes, der von Bürgern und Hintersaßen bewohnt war, führte ein Schultheis mit 12 Richtern und ein Bürgermeister mit eben so vielen Räthen.

Der Schultheis war Beamter des Fürsten und wurde von diesem, ohne Zuthun der Gemeinde, ernannt. Die Richter wur-

---

„Schlos alhie ingezogen vnd verbauwen worden, doch gegen gebührende „bezahlung." Dorfbuch Nr. 1. Fol. 24. Als Anmerkung von 1593.

Ulrich metzger ist inn dem Hauß gesessen da Bernhart kamm inn „sitzt, Becken peters Hauß ist Hans simon schreyners Hauß, seindt dise Häuser „bede, sampt auch der Herberg zum Engell Jakob Kecken haus, so ahn „Haußen Bresche gelegen wie auch Pauly Bolandshaus, alle Jetzund in „fürstlichem Bauw begriffen." Ebendaselbst Fol. 58.

[1] Die Ebersteiner, ein Zweig der kalwer Grafen (Bader, wahrer Ursprung Badens) waren noch in spätern Jahren, wie unsere Quellen häufig darthun, hier begütert. Nach den Urkunden in Mone's Zeitschrift für die Geschichte des Oberrheins I p. 111 — 113 mußten noch 1207 die Leute zu Rastetten den Ebersteinern, die Advokatie der Pfarrkirche den Badnern angehört haben.

[2] Ein Kaufmann von Speier hatte mehrere Jahre hier gewohnt und Geschäfte getrieben, wodurch er leibeigen wurde. Markgraf Christoph I. erlaubt ihm 10 Jahre lang nach Heidelberg zu ziehen unter dem eidlichen Gelöbniß, daß er nach Umfluß der 10 Jahre sich mit Weib und Kindern wieder in die Markgrafschaft begeben wolle. Ortsbuch Nr. 1. Fol. 41.

den lebenslänglich, ursprünglich wahrscheinlich von der Bürgerschaft gewählt, darauf ersetzten die Ueberlebenden durch Wahl
unter sich ihren durch den Tod eines Mitgliedes lückenhaft ge-
wordenen „Ring," in welchem jedoch keine unter sich verwandte
Mitglieder sein durften.

Den Bürgermeister wählte der Rath auf ein Jahr. Bestätigt
wurde derselbe durch den Schultheißen, wenn er einstimmig gewählt war. Bei erheblicher Stimmentheilung entschied der Markgraf. Wahl- und Ergänzungsmodus der Richter galt auch für
den dem Bürgermeister beigegebenen Rath. Richter, Bürgermeister und Räthe hatten an den Ruggerichttagen öffentlich vor
der ganzen Gemeinde einen feierlichen Eid abzulegen, in welchem
zugleich der Umfang ihrer Funktionen ausgedrückt war.

Dem Schultheißen mit Gericht stand die Rechtspflege in
Civil- und Criminalsachen zu. Die vielen Entscheidungen bei
Eigenthums- und Berechtigungsstreitigkeiten, Verbalinjurien u. dgl.
im Dorfbuch Nr. 1. beweisen für die Civiljustiz. Für die Cri-
minaljustiz sprechen: a. die Verpflichtung des Büttels (Ordnungsbuch Nr. 2. Fol. 8) dem Schultheißen anzuzeigen „Alles Arg-
„wönigs Es sey mitt Eebruch, diepstal, schlagen, uneerliches
„gotslestern." b. die Bestimmung (ebendas. Fol. 5) daß „So
„es leyb oder leben glimpf oder eer betrifft soll es (das Ver-
„hörgeld) doppel geben werden," c. ein Ausgabeposten in der alten
„Rechnung für Malefitzsachen" mit 18 fl. 11 Batzen 8 Pf., darunter 2 fl. 3 Batzen 10 Pf. „als man die Frauw verbrendt hat."

Die Befugnisse des rastatter Schultheißen, als fürstlichen Amt-
manns, scheinen sich auch auf Orte der Nachbarschaft erstreckt zu
haben, da in dem Ortsbuch Nr. 1 einige Streitigkeiten zwischen
Einwohnern von Ottersdorf, Waldprechtsweier, Rauenthal ge-
schlichtet werden, im Ordnungsbuch Nr. 2, Fol. 91, von Amt-
mann und Gericht zu Rastetten die Rede ist und im Testamente
Jakob I unter dem Antheile seines Sohnes Karl I, „Rastetten
das ampt mit dem Dörflin Rhinawe" angeführt wird. ¹) Auch

---

¹) Schoepflin, Historia Zaringo Badensis VI p. 278.

war der Schultheis die zweite Instanz in Sachen, die dem Rathe
zustunden. Der Rathseid enthält nämlich den Passus: „Vndt
„so Ihr Rathsweiß berufft werden, daß Ihr wöllen nach Ewerem
„besten Verstandt helffen rathen und reden, vnd wo solches bei
„einem gericht nit wolte bedacht oder berathschlagtt werden, daß
„Ihr wöllendt solches an ein Schultheiß bringen."

Später verschwand der Schultheis und schon gegen Ende
des 16. Jahrhunderts ist von einem Untervogte zu Rastatt, als
Stellvertreter eines Obervogtes, der über mehrere Aemter be=
stellt war, die Rede.

Die Richter wurden, wenn einer oder der andere aus ihnen
bei den Verhandlungen zu erscheinen abgehalten, oder mit einem
Theile der Parthien verwandt war, durch Mitglieder aus dem
Rathe für den einzelnen Fall ersetzt. Fürspreche durften den
Parthien rathend zur Seite stehen, sie wohl auch ganz vertreten.[1]

Den Dienstkreis und die Befugnisse des Bürgermeisters
ersieht man am vollständigsten aus seinem Diensteide, den man
in Mone's Archiv I. p. 263. ff. aus dem Ordnungsbuche Nr. 2
abgedruckt findet. Ihm lag ob: Die Verwaltung des Ge=
meindsvermögens, die Handhabung der Polizei im Dorf, Feld
und Wald, die Aufsicht über die Wirthe, den Fleisch= und Brod=
verkauf, die Visitation der Maaße und Gewichte, die Aufsicht
über den Wochenmarkt, die Verkäufer, Kornmesser, Meßner,
Wässerer, Schützen, öffentliche und Privat=Gebäude, Brücken,
Wege und Stege; er hatte die gesiegelten Urkunden und das
Gemeindssiegel zu verwahren, den Rath zusammen zu rufen,
auf alles sorgfältig zu achten, was dem Fürsten oder dem Dorfe
zu Nutzen oder Schaden gereichen konnte, Vergehen zu bestrafen.

Zur Ausübung dieser, theils ökonomischen, theils polizeilichen

---

[1] Um den Prozeßgang zu beschleunigen, war bestimmt, daß „yede
„parthy sy syhen frembd oder heimisch, 17 Sch. Pf. zu erlegen schuldig
„ist. Ee dann Klag gehört würt. Vnd so es vor mittag nitt außgeht,
„soll nach mittag wieder yede parthy so viel erlegen." Ordnungsbuch
Nr. 2. Fol. 6.

Pflichten, waren nach dem alten Ordnungsbuche Nr. 2 unter=
geben: Waldmeister, Zehnt= oder Kastenpfleger, Büttel,
Wächter, Meßner, Schadenbeseher, Wässerer, Wiesen=
vögte, Schützen, Brodbeseher, Fleischbeseher, Unter=
gänger, Fruchtmesser, Verkäufer, Hirten. Alle diese Dienst=
leute hatten die bestimmtesten, einfach und klar abgefaßten In=
structionen und das Gemeindeleben war außerdem noch geregelt
durch folgende Ordnungen, die wegen ihrer präcisen Einfachheit
und nichts übersehenden Zweckmäßigkeit jetzt noch als Muster gelten
könnten und vielleicht manchen verkünstelten und darum undurch=
führbaren Vorschriften der Art aus neuerer Zeit noch vorzuziehen
wären. Die Ueberschriften derselben sind: 1) „Bürger anzunemen,
2) Kundschafft zu verhören, 3) Kauff Gericht, 4) So Rug=
gericht oder Abertag gehalten werden, 5) Huldigung der Hinder=
saßen und Dienstknecht, 6) Ordnung der Müller (von Baden
khommen), 7) Der Müller=Knecht Trew des Ungelt berührende,
8) Ordnung der Müller, so man vff die Wag fiert und beuttelt,
9) Alte Mielordnung die vor iaren zu Rastetten gebraucht word=
ten Ehe man die Ordnung zu Baden geholt, 10) Das Haus=
bachen belangen ist vff deren von Rastetten begern von Baden
geschickt worden, 11) Alt Ordnung der Ziegelhüten vnd Arbeit,
12) Ordnung der Metzger. Ist von Baden alher gen Rastetten
geschickt worden Anno 1400. 13) Alte Metzger Ordnung darinn
Rastetten allein gemelt wiert, 14) Fischer Ordnung, 15) Ord=
nung in Wälder vnd Feldern vnd gebuwen, 16) Feür Ordnung,
17) Ordnung so ein Landgschrey ußgeht, 18) Ordnung der
Losung, 19) Ein alt Ordnung wie es zu Rastetten gehalten
werden soll, in Feldern, gertten, 20) Mark Ordnung der Statt
Baden so von Frembden vnd Heimischen bei nachbemelten penen
zu haltten gebotten ist, 21) Ordnung wie schwer das Rocken
brot hinfüro zu Rastetten wegen vnd gebachen werden soll.
Anno 1510. 22) Ordnung deß Weyßbrots, 23) Ordnung von
Verkauffung der Schyben saltz, 24) Straff der Becken.“
    Diese in der Mitte des 14. Jahrhunderts gewiß schon üb=
lichen Ordnungen, theils aus ältern Urkunden, theils ohne Zweifel

auch nach der überlieferten Praxis niedergeschrieben, mögen großen Theils mit Abänderungen, wie sie für den Ort gerade paßten, den Einrichtungen anderer Städte, besonders denen von Straßburg, dessen Verfassung das Muster für viele Städte des Oberrheins wurde, nachgebildet sein, nichts destoweniger lassen sie auf den Zustand einer Gemeinde schließen, für welche sie Bedürfniß waren.

Nahrungsquellen.

Landwirthschaft, Gewerbe und Handel waren die Nahrungsquellen des Dorfes.

1) Landwirthschaft.

Zum Betriebe der Landwirthschaft ermunterten: die große Gemarkung, die fetten, leicht wässerbaren Wiesengründe, die humusreiche Decke der höher gelegenen Stellen, die ausgedehnten, an Eicheln und Wildobst ergiebigen Waldungen und der leichte Absatz der Produkte auf den hier, wie in einem Knoten, zusammenlaufenden Land= und Wasserstraßen.

Ackerbau, Wiesenkultur, besonders Viehzucht waren in blühendem Zustande.

Der Feldbau erzeugte vorzüglich Waizen, Roggen, Hafer, Oelsamen, Hanf, ausserdem Gerste, Linsen, Obst und einigen Wein. An Hupfwaizen lieferten die obern Rödern 1465 allein 30 Malter, 7 Sester, 3 Vierling. [1] Für Roggen und Hafer sprechen die Lieferungen, welche die Hofbauern in diesen Früchten in die Bed und an das Dorf zu machen hatten, [2] für Oelsamen und Hanf die Oel= und Plauelmühle, die nur in Ausnahmsfällen für Auswärtige arbeiten durften; [3] für Gerste und

---

[1] Cf. Ortsbuch Nr. 1. Fol. 43.

[2] „Duch ist zu wissend, daß derselb Hofman, der solle dem Dorf zu Rastetten zu wihennaht ein halb malter kornes zu brot machen, mit namen mutsche=leibekein und sol es dein kinden geben zu einer gedehtniß." Ortsbuch Nr. 1. Fol. 6.

[3] Lehnbrief des Oelmüllers, Ordnungsbuch Nr. 2. Fol. 38.

Linsen ein Artifel der alten Feldordnung im Ordnungsbuche
Nr. 2. Fol. 56.

Ein Weingarten wurde aus den Almendgütern nach der alten
Rechnung auf 6 Jahre um 4 fl. 10 Batzen jährlichen Zins
verliehen und der Hofbauer auf dem Münchhof mußte der Gemeinde auf Weihnachten nebst andern Dingen, die er selbst erzeugte, Wein zum Besten geben,[1] was für Weinbau zeugt. In
welch' erfreulicher Weise auch die Obstbaumzucht betrieben wurde,
beweisen die Ausgabeposten in der alten Rechnung für die Baum-
anlagen und deren Unterhaltung auf den Almendgütern, die viel-
fach bei der Grenzbeschreibung angeführten Apfel-, Birn- und
Nußbäume, so wie einige Entscheidungen wegen Ueberfall in
Nr. 1. und eine Ausgabe für Raupenverbrennen in der Rohn
von 1593. Feldfrevel wurden ernstlich gerügt und in den Einnahmen der alten Rechnung findet sich ein langes Register dafür
eingegangener Strafgelder, wobei jedesmal das Vergehen selbst
verzeichnet ist, z. B. „1 Sch. Pf. Paul Frank das sein Bub
in die Stupfel gefahren; 1 Sch. Philips Schey das er ein
Luck hatt vff geriſſen; 1 Sch. Lienhardt Stulmüller das er seyn
Fülle in das Veldt lauffen laſſen."

Die Wiesenkultur ließ sich die Gemeinde, als solche, auſ-
serordentlich angelegen sein. Es waren dafür ein beſonderer
Wäſſerer und mehrere Wiesenvögte angestellt. Der erstere mußte
täglich von der sandweierer Grenze bis an die Murg die
Wassergräben besichtigen, „damitt Niemant schaden bescheche;"
besonders darauf achten, daß die von Eberstein den Graben
nicht aufbrechen, die Graben und Schußbretter in gutem Stande
gehalten würden; er hatte im Frühjahr und Herbste die Haupt-
graben auswerfen zu laſſen, daß keiner dem Andern das Waſſer
nehme und „es soll auch der Weſſerer daß Waſſer fleyssig vmb-
theylen, on schenk vnd gaben, dem armen als dem rychen."

Die Wiesenvögte hatten zu den geeigneten Zeiten die

---

größern und kleinern Gräben von den Besitzern der Grundstücke
abstechen und ausheben zu lassen, überhaupt auch darauf zu
sehen, daß die Wiesen nach Vorschrift in Ordnung gehalten
wurden, auch sollten sie „so sy off die Wiesen gen, acht haben
„wo man häg macht das man by der malstett plybe vnd nitt
„über die stein hinuß rücke." Den Unterlassungssünden in dieser
Beziehung folgte die Strafe auf dem Fuße und in dem alten
Rechnungsfragmente lassen sich noch 37 „Einnamen Straffen
„von denen die nitt graben haben off den Wiesen," zählen. Ob
mit gleicher Umsicht und gleicher Strenge die Wiesenpolizei jetzt
noch gehandhabt werde, ist mir unbekannt. Zum Schutze gegen das
Wild waren die Felder mit „Wildhägen" umgeben, deren Her=
stellung und Unterhaltung der Herrschaft oblag. Als der Flecken
einmal dafür 3 Batzen 2 Pf. zahlte, wird in der alten Rech=
nung dem Ausgabeposten gleich hinzu gesetzt „daß gleichwohl
„der Flecken nitt schuldig sonder die Herrschafft den Kosten
„geben soll."

Die Sorgfalt, welche dem Feld= und Wiesenbau zugewandt
war, richtete sich vorzüglich auch auf Viehzucht, die hier in
größerem Maaßstabe und mit mehr Hilfsmitteln betrieben wurde,
als in der Umgegend. Schweins=, Rindvieh=, Pferd= und Schaf=
zucht standen, wie aus den Instructionen für die Hirten und aus
der Feldordnung hervorgeht, in gleicher Blüthe. Zu ihrer För=
derung scheute man keine Kosten und beschaffte sachkundige Hirten,
gute Waiden, geeignete Mastmittel und brauchbare Zucht=
thiere.

Die Hirtendienste wurden jährlich um veränderlichen Lohn
vergeben; der höchste Lohn des Schweinhirten belief sich auf
80 fl., ein Paar Schuhe und von Schweinen, welche im Ecke=
rich waren, sogenannte Niebschwänze. [1] Die beiden Kuhhirten

---

[1] „Sticht eyner eine, so ist er im (dem Schweinhirten) ein rübschwanz
„schuldig, sticht er zwo so ist er im auch nitt mer dann ein schuldig, sticht
„er dry so ist er ihm zwen schuldig, vnd was er drüber sticht, ist er im
„nichts mehr schuldig. Vnd sollen die rübschwenz geschnitten wie noch

erhielten einmal als höchsten Lohn 108 fl. und je 1 Paar Schuhe. Schweizer stellte man am liebsten als solche an, wovon die Rathsprotokolle viele Beispiele liefern. Für den, nach dem damaligen Geldwerthe sehr hohen, Lohn hatten die Hirten aber auch sehr viele Dienstleistungen übernommen und mußten, im Fall ein Thier durch ihr Verschulden zu Schaden kam, diesen Schaden ersetzen. Es waren also diese Hirten gewiß auch nicht die ärmsten Leute. [1]

Die Waiden, besonders die Pferdwaiden, waren umzäunte Plätze. Zu ihrer Herstellung, auch wenn sie von einem Hofmanne unternommen wurden, gab die Gemeinde das Material aus ihren Waldungen unentgeltlich ab, ein Beweis, welch hohen Werth man auf sie legte. In allen Fällen wahrten sich die Dorfbewohner das Recht ihre Rosse in solche Waiden, wenn auch nur abwechslungsweise, treiben zu dürfen. Sie wurden vorzüglich bei Nacht benützt, und hießen deßhalb „Vehtwaiden, Uehtwaiden, Uhtwaiden, Nachtwaiden." Ihre Einrichtung muß musterhaft, ihr Nutzen namhaft gewesen sein, da auch Auswärtige sie benützten, wofür sie dann für jedes Stück 1 fl. Waidlohn zahlen mußten.

Als vorzüglichstes Mastmittel galt das Eckerich, wozu die ausgedehnten, an Eicheln, Bucheln und Wildobst reichen Wälder

---

„volgt, der knopf soll das erste gleich syn, darnoch noch dry gleich derzu, „vnd in zimmlicher Breitte, wie bißher gewonheit geweßen, vnd soll darinn „kein gferd gebraucht werden." Ordnungsbuch Fol. 81.

[1] Wölfe müssen damals keine seltene Erscheinung in unsern Wäldern gewesen sein, da in der Ordnung der Roßhirten vorkömmt: „vnd ob die „wölf, deß nachts ein pferdt oder fülle zerrissent, vnd daßselb pferdt oder „fülle, durch yemandt zuvor vnnd Ee funden würde, dann durch die Hetzere; „sollen die Hetzere pflichtig syn mitt dem, deß das pferdt oder fülle gewesen, „zu überkhommen."

Durch die Forstordnung erfahren wir ferner, daß auch noch ausser Wölfen Luchse und Biber in ziemlicher Anzahl müssen vorgekommen sein, da für einen Luchs nur 1 fl. 30 kr., d. h. 30 kr. mehr Schußgeld, als für einen Wolf, bezahlt wurde und die Biber ohne Schußgeld an den Hof mußten abgeliefert werden.

die günstigste Gelegenheit boten. Trugen die Waldbäume hin=
reichend Früchte, was nicht jedes Jahr der Fall ist, so wurde
dies als eine weise zu benützende Gottesgabe betrachtet. Fürst=
liche und Gemeindsbevollmächtigte schätzten dann gemeinschaftlich
ab, wie viele Schweine man in den Waldungen mit Erfolg mästen
könnte. Man unterschied ganzes und halbes Eckerich. Für ersteres
mußten die Einwohner, auch wenn sie in ihren eigenen Wäldern
„einschlugen," dem Fürsten „Dehemen" (Zehnten) geben, der
in Geld für ein ganzes Eckerich für ein großes Schwein 2 Sch.,
für ein kleines 1 Sch. betrug. Für ein „halb Eckern" wurde
die Hälfte bezahlt. Es war streng vorgeschrieben, daß die Reichen
nicht zu viele Schweine gegen die Armen einschlugen, und auch
die Wittwen, die keine Gemeindslasten mehr trugen, waren von
der Eckerich=Benützung nicht ausgeschlossen. Noch im Jahr 1651
wurde das Eckerich geschätzt im Oberwald zu 200, in den beiden
Zai zu 210, im Schwalbenrein zu 50, im Niederwald mit dem
Beinel zu 160 „Schwein guet zu machen," wofür der Flecken
bei dem damals schon gesunkenen Geldwerthe dem Markgrafen
190 Reichsthaler „Dehmen" zahlte. Nur durch dieses Hilfs=
mittel war es möglich, daß einzelne Bürger 30 [1]) und mehr
Schweine zu halten im Stande waren.

Die fürstliche Regierung war ausserordentlich darauf bedacht,
daß dies zur Vermehrung der Nahrungsmittel sehr wichtige Er=
zeugniß stets erhalten werde. Darum waren die 4 Hölzer:
Eichen, Buchen, Birn und Apfel gebannt, d. h. sie durften ohne
Genehmigung der Regierung nicht gefällt und mußten in fürst=

---

[1]) In einer Streitsache zwischen dem Müller „Jörg Braun" und dem
Dorfe Rastetten berichtet unter anderem der Schultheis „der Müller habe
„biß alher alwegen 30 Schwyn gehalten, one anders als genß, hüner,
„dauben ꝛc., dessen er auch die menge hatt." Ordnungsbuch Nr. 2. Fol. 30.
In einem andern Berichte gegen den Oelmüller, der mit seiner fahrenden
Habe bedfrei sein will, heißt es: „er hatt yetzund 10 schwyn für den Hir=
„ten gen, one die jungen die er uff der zugk zeucht, so hatt er 7 rinder für
„den kühirtten gen, etwan hatt er pferdt, also das er gutten genieß vom
„weidgang hatt, er wollte gern niessen aber nitt schiessen." Ebend. Fol. 44.

lichen und Gemeindswaldungen sorgfältig nachgepflanzt werden, damit, wie die Forstordnung sich ausdrückt „in Unſerm Fürſten-„thumb der Gemeinen nuz deſto ſtattlicher vndt mehr Viehs „zum Fleiß Kauff erhalten mög werden." Die Eichen durften „wegen irer Köſtlichkeit, als auch tragenden Eckerits halben" nur dann gefällt werden „wenn ſie windfellig, oder von obenher „abdörrent wenig Eckerit mehr ertragen mögen." Der Wald-ertrag wurde alſo nicht blos nach dem Holze und den dafür in die Forſtkaſſen fließenden Geldern, ſondern auch nach dem Nuzen berechnet, welchen damals die ſogenannten „armen Leute" während des langen Lebens einer Eiche aus ihren Früchten zogen. Ob dies rationell forſtmänniſch war, weiß ich nicht; wohlwollende, väterliche Güte lag jedenfalls darin, die vielleicht nicht einmal finanziellen Nachtheil brachte.

Wie die Regierung auf Erhaltung dieſer Nahrungsquelle bedacht war, ſo war ſie es auch nicht minder darauf, daß das Recht zu ſeiner Benüzung den Unterthanen nicht verkümmert werde, und ſchritt, wo dies etwa hätte vorkommen wollen, ſelbſt ein. Der Abt zu Selz und der von Herrnalb ſcheinen dies in ihren Hofwaldungen auf hieſiger Gemarkung verſucht zu haben, wor-auf der Markgraf ſogleich verordnete: „Es iſt zu wiſſen, daz „vf Dynſtag nach der liehtmeſſe Anno dom. 1438 Hans Herren-„berg dem Schultheis zu Raſtetten von myns gnedigen Heren, „dez Marggrauen retten empfolhen iſt, vf ſinen eyt, Alſo wenn „eckere geriete in kunftigen Jaren, vf den zweien hofen in iren „welden zu Breytenholz und vf der Ryneuwe, daz er oder ein „yeglicher Schultheiße, der nach im geſezet wird, ſchaffen vnd „beſtellen ſolle, daß die von Raſtett alle wochen zwene dage mit „allen ihren Swine in die vergin welde ſlahen, vnd ine die „eicheln vf ezen ſollent, vnd damit auch die ire Reht behalten, „als hie vorgſchriben Stet" ꝛc. (Ortsbuch Nr. 1. Fol. 8.)

Die Haltung der männlichen Zuchtthiere wurde gegen Güter-nuzung in Zeitpacht gegeben. Dabei waren gute, brauchbare Thiere ſtets bedungen. Bürgermeiſter, Rath, Kühhirten, ja die ganze Gemeinde hatten die Aufſicht auf Erfüllung der Bedingung

und ersterer das Recht den Vertrag bei Nichterfüllung derselben
sogleich aufzuheben. Im Ortsbuch Nr. 1 finden sich Belegstellen
genug hiezu, z. B. Fol. 20 1474, Fol. 20 zweite Seite von
1492 und andere mehr.

2) Gewerbe.

Auſſer den gewöhnlichen Gewerben der Schuster, Schneider,
Schreiner, Zimmerleute, Maurer, Ziegler, Schlosser, Schmiede,
Müller, Metzger, Wirthe, Küfer fanden sich hier noch Bier=
brauer (alte Rechnung Fol. 82), Tuchmacher, Tuchscheerer, Leb=
kuchenbäcker, Fischer und die hier eigenthümlichen Salzscheiben=
macher. Ihre Anzahl und ihr Geschäftsbetrieb muß ansehnlich
gewesen sein, da jedes dieser Gewerbe seine eigenen Ordnungen
hatte, die sich theils in den angeführten Quellen, theils in den
Renovationen der rastatter Ortsrechte von 1510, 1525, 1581,
die im Generallandesarchiv sich befinden, hier aber nicht mehr
benützt werden konnten, aufgezeichnet stehen.

Noch im Jahr 1665 zählte Rastatt 15 Metzger, deren Ge=
werbe, für dessen Betrieb ein besonderes Schlachthaus bestand,
wegen der vorausgegangenen Kriegsjahre etwas herunter gekom=
men sein mag, da ihnen ein Theil ihrer Bed bis auf bessere
Zeiten nachgelassen wurde. [1] Die Lebkuchenbäcker mußten bei
Feuersnoth ihre leeren Honigfässer, die Bader ihre Badewannen
vor die Häuser stellen, [2] um erstere zur Beifuhr, letztere als
Reservoirs gebrauchen zu können, ein Beweis, welch' ansehnliches
Volum diese Honigfässer und welchen Absatz dieses Gewerbe ge=
habt haben müsse.

Die Ordnungen für Müller, Bäcker, Metzger sind umfassend
und mit vieler Sorge für das öffentliche Leben entworfen. Man
begnügte sich hierin nicht mit der eigenen Weisheit, sondern
ließ sich zu größerer Vollendung auch noch die betreffenden Ord=
nungen von Baden und aus der Grafschaft Eberstein kommen und

[1] Ordnungsbuch Nr. 2. Fol. 94.

[2] Ordnungsbuch Nr. 2. Fol. 83.

benützte ihren Inhalt. Die für die Müller von 1463 findet sich in Mone's Archiv I. pag. 282 ff. abgedruckt. Eine Hauptbestimmung derselben war, daß alle zur Mühle gebrachte Frucht gewogen und mit diesem Gewichte das des Mehls hieraus in einem bestimmten Verhältnisse stehen mußte. Eine Differenz von nur 2 Pfund unter der vorgeschriebenen Quantität Mehl zog schwere Strafe nach sich. Auch durften die Müller kein Geflügel halten.

Für die Bäcker war der Preis des Brodes nach dem der Früchte permanent bestimmt, doch durfte nur alle Halbjahr, im Frühjahre und Herbste, eine Aenderung des Preises mit Erlaubniß von Schultheiß und Gericht eintreten. Auch mußten die Bäcker den Leuten auf Verlangen im Hause backen.

Zu einer, seit uralter Zeit in Rastatt üblichen Metzgerordnung holte man sich später eine solche von Baden. Beide beweisen, daß man im Fleischverkaufe damals weit scrupuloser zu Werke ging, als jetzt; gewiß nicht zum Nachtheile des Publikums, wenn auch zu etwas größerer Unbequemlichkeit der Metzger. So sehr der vollständige Abdruck einer der Ordnungen auch von Interesse wäre, so können hier doch nur einige charakteristische Bestimmungen aus denselben Platz finden.

Vor und nach dem Schlachten, das nur im Schlachthause geschehen durfte, mußte das Vieh von wenigstens 2 beeidigten Fleischschauern besichtigt und geschätzt werden. Kein Fleisch durfte zu Hause, sondern nur auf den öffentlichen Fleischbänken, und kein am selben Tage geschlachtetes verkauft werden. Blieb ein Theil unverkauft, so wurde dasselbe von den Fleischbesehern abgewogen und mit einem Kennzeichen versehen, damit nicht unbesehenes und nicht gut befundenes Fleisch zur Bank kommen konnte. Finnig Fleisch, oder Fleisch von Ebern und räudigen Schafen durfte zur Fleischbank nicht gebracht werden, sondern mußte zu geringerem Preise an einem von der Fleischbank abgesonderten Orte verkauft werden. Die Fleischsorten mußten in der Fleischbank von einander gesondert aufgehängt werden. Unter Fleisch von Schafen unterschied man genau „als Hämmel, Säffinund Heschen-Fleisch," von denen jedes seine eigene Taxe hatte und von welchem, um Betrug durch Verwechselung vorzubeugen, nur eine Sorte, nie mehrere zugleich, in der Bank geduldet wurde. Zu noch größerer Vorsorge mußten die Schafhirten schon auf der Waide den „Heschen" (Schafmüttern) die Schwänze ab= schneiden, damit es von jedem vom Hammel= und Schafbockfleische unterschieden werden konnte. Das Blut von verschiedenen Thieren, auch wenn sie derselben Gattung angehörten, mußte gesondert verwendet werden und sogar die Composition der Würste war vorgeschrieben.[1] Erst wenn diese von den Schauern besehen, versucht und geschätzt waren, durften sie zum Verkaufe kommen. Köpfe, Füße, Gelünge oder „Gehenke" war nur im Ganzen nie als Zugabe zu verkaufen erlaubt.[2] Nur wenn das Schweine= fleisch über 3 Finger dicken Speck hätte, durfte von demselben die Hälfte abgeschält werden. Die Verkaufstare wurde halbjährig, an Ostern und Martini, bestimmt.

Beim Verkaufe durfte kein Unterschied zwischen den Armen, gegen welche den Metzgern Höflichkeit geboten war, und zwischen Reichen gemacht werden. Gleichviel, ob einer viel oder wenig kaufte, das Verlangte war ihm zu verabreichen und nicht die schönsten und besten Stücke für Reiche und Wirthe, als bestellt, oder schon verkauft zur Seite zu legen. Ja, die Wirthe mußten sogar von ihrem schon gekauften Fleisch, bevor sie es von der Fleisch= bank trugen, demjenigen, der es begehrte, die Hälfte abtreten.[3]

---

[1] Sy sollen auch allein zu Bratwürsten machen, die quallen von Schwynen vnnd das gebein nitt so gar oder genauwe schinden auch sonst kein anderlei fleisch darunder vermischen bei peen von 10 Schllg. Pf. sy sollen auch würst machen, uß dem so zu den gebrut gehört, und den Armen vnnd Reychen geben ongeverlich, vnnd wie sy zu yeder zeyt von den ver= ordtneten fleischscheßern geheissen worden." Ordnungsbuch Nr. 2. Fol. 65.

[2] vnd durch daß ganz iar ein gehenk vmb 1 Batzen,
Ein Kalbskopf vmb 8 Pfng.
Ein krese vmb 5 Pfng.
Ein fuß vmb 1 Pfng. (ebendas.)

[3] so man fleisch wellicherlei das ist, gebrist vnnd mangel erscheynt, die wirt ir kaufft fleisch, zuvor vnnd ehe, dann sy dasselb off der metzel

Mit der Aufsicht auf Haltung dieser Vorschriften waren die geschworenen Fleischschauer, der Fleischschreiber, die Büttel, die Wächter und Waldknechte betraut. Daß man sie nicht nur gab, sondern auch (und hierin liegt gerade das Unterscheidende) durchführte, dafür zeigen wieder die „Einnam Straffen" in der alten Rechnung.

Die Fischerordnung für Rastatt und Kuppenheim von 1405 schreibt Zeit und Ort des Fischfangs in der Murg genau vor und verbietet den Lachsfang, der Regal blieb, bei schweren Strafen.[1]) Durch die spätere Forstordnung wird die Fischerordnung in der Art ergänzt, daß sie verbietet, Fische unter 8" 2'" neubadisches Maaß zu fangen, solche weder zu verkaufen, zu verschenken, noch zum eigenen Gebrauche zu verwenden, sondern, wenn sie im Netze sich finden, sie sogleich wieder in das Wasser zu werfen. Die hierin liegende wohlwollende Absicht: auch diese Nahrungsquelle möglichst ergiebig zu erhalten, ist nicht zu verkennen und dürfte jetzt noch darnach verfahren werden.

Eigenthümlich ist, daß die Wirthe nicht nur wegen des Maaßes und der Taxe für die verschiedenen Weinsorten unter Controle stunden, sondern auch in den Zeiten, in welchen von der Gemeinde viel Wein consumirt wurde, eine Abordnung des Rathes ihren Wein besah, d. h. versuchte. Die Kosten dafür trug die Gemeindskasse, welche im Jahr 1593 „9 Batzen 4 Pfng Uffgang „als mann ahn der Kirchweyh vmbgangen vnd bey den württen „den Wein besehen hatt" (Alte Rechnung p. 85.) in Ausgabe brachte.

Aehnliche Sorge für das Publikum treffen wir auch in den

---

dragen, mitt den ienigen, so follichs an sy sinnen, Theylen follen, bey straff 1 Pfund, vngferlich biß vff den halben theil deß gekaufften fleischs, vnnd nitt darüber. Ordnungsbuch Nr. 2. Fol. 63.

[1]) Item es folle auch keiner keynen Lachs fahen so liebe ime libe vnd gut fy, er fy vischer, oder ander wellichs zyt es in dem Zare fy, kein zyt vßgenommen, wer es aber das man es von Jnen gewar wurde, der das gebott vber gienge wie man das herfynden möchte, der were den hernach die obgefchryben straff schuldig. Ortsbuch Nr. 1. Fol. 15.

Ordnungen der übrigen Gewerbe. Hier sei nur noch angeführt, daß die Ziegler im ganzen badischen Lande gleiche Formen gebrauchen und ihre Waaren nach Taren, doch nicht bevor sie besichtigt und gut befunden, abgeben mußten.

Wie an die Gewerbetreibenden strenge Forderungen gestellt wurden, so schützte man sie dagegen auch mit allem Nachdrucke vor Gewerbsbeeinträchtigungen. Ein Beispiel findet sich in den Rathsprotokollen im Ordnungsbuche Nr. 2. Fol. 158. „Ist durch die „Jutten samel und lebel welche damals im Flecken rastatt ge„wondt haben ein Streit Entstanden zwischen hanß klee damaliger „stabhalter und hanß adam Mößner damahls geweßener Bürger „Maister dieweil die Jutten mit willen (wollenem) Duch an heben „zu handlen so wir bede deß willen webers handwergs geweßen „sein nicht leiden wohlen vndt lebel der Jutt vor der Bürger„schafft versprochen keinen andern Handel zu dreiben als mit „Pferthen und ist Eben da Mahls in deßem streit daß die bedte „Jutten vermeindt alles zu zwingen geschehen, daß sie hanß „Jakob heinle Burger vnndt Schuhmacher zu rastatt Einen leren „Haußplatz abgekaufft vnndt darauff begehren zu bauwen, daß „Man aber niemahlen in unsern alten gerechtigkeits bicher Er„funden hat, welche da mahls zu frankfurdt sein gesleicht gewesen, „daß Ein Jutt allhier gebauwen hat." Dieser Streit wurde der fürstlichen Regierung zur Entscheidung vorgelegt, welche dahin ausfiel „daß die Jutten haben müssen bleiben lassen wegen bauwen „vnndt deß Duchhandels."

Nicht ohne Interesse ist es, bei den Gerichts- und Rathsverhandlungen, die sich hin und wieder mit den Gewerbetreibenden ergaben, zu bemerken, wie der Name des Gewerbes selbst allmählig Geschlechtsname deßen wurde, der es betrieb. So heißt ein Zwicker und Tuchscheerer erst: „Heinrich der scherer," später „Heinrich Zwigkscherer." Der Schmied Peter versetzt „seinen großen Ambuß" und heißt in derselben Urkunde noch „peter smit." Der Zoller Johann wird in andern Urkunden schlechtweg Johann Zollschreiber genannt; ebenso ein Kaufmann „Johannes Wurtzkremer." (Ortsbuch Nr. 1.) Aus dem Mül-

ler Jakob wird ein Jakob Müller, der Bartscheerer und Bader
Mathias heißt nachmals Mathes Scherer. (Ordnungsbuch Nr. 2.)

3) Handel.

Die Blüthe der Gewerbe war mit bedingt durch die des
Handels, welcher hier, auch ohne Westindiens Erzeugnisse, die
jetzt in jeder Hütte zum Bedürfnisse geworden sind, in solchem
Schwunge betrieben wurde, daß eine besondere „Ordnung der
Kaufleute" und der mit ihnen in Verbindung stehenden Gewerbe
nothwendig wurde. Ausser dem Handel mit den gewöhnlichen
Landeserzeugnissen erstreckte sich derselbe hier mit besonderer Aus-
dehnung auf Holz, Schmiere, Eisen, Wein und Salz.

Zur Förderung desselben wurde auf Ansuchen des Markgrafen
Bernhard I. 1404 von Kaiser Ruprecht dem Dorfe ein Wochenmarkt auf ewige Zeiten verliehen, dessen Freiheit am Mittwoch
nach der Vesperzeit angehen und den Donnerstag währen sollte.[1]
Die Rastatter ließen sich dieses Privilegium, weil das Siegel an
dem von Kaiser Ruprecht etwas verletzt war, 1510 von Kaiser
Maximilian erneuern, nicht ganz im Einverständnisse mit Markgraf Philipp II., welcher ohne triftigen Grund den unmittelbaren
Verkehr seiner Unterthanen mit dem Reichsoberhaupte nicht gerne
sah.

Mit dem Wochenmarkte war ein großer Fruchtmarkt verbunden, für welchen eine Fruchthalle (Kornhaus) vorhanden war.
Neben andern zweckmäßigen Bestimmungen über den Verkehr
auf diesen Märkten war bestimmt, daß an Markttagen ausser
dem Marktplatze weder sonst im Dorfe, noch auf eine Meile
im Umkreise ge- oder verkauft werden durfte. Für die mei-
sten Verkaufsgegenstände war ein Maximum des Preises fest-
gesetzt. So durfte z. B. höchstens gelten: 1 Kapaun 18 Pf.,
1 gute alte Gans 1 Schllg., 1 gemästete Gans 20 Pf., 1 Ant-
vogel 9 Pf., 1 Spansau, die 4 Wochen gesogen, 20 Pf. ꝛc. Die
Waaren mußten vor dem Verkaufe besichtigt werden. Waren

[1] Ordnungsbuch Nr. 2, Fol. 95.

fie nicht in gutem Stande, fo wurden fie, auffer der deßhalb
verhängten Strafe, vernichtet. ¹) Der einmal geforderte Preis
durfte nicht gesteigert ²) und keine Waare als schon verkauft oder
bestellt zurückgehalten werden. Wirthe mußten ihren Einkauf zur
Hälfte abtreten, und durften keine höhern Preise zahlen. ³) Nur
eine Perfon aus jedem Haufe durfte einkaufen. Bestellungen
und Fürkauf vor 10 Uhr waren unterfagt und der Haufirhandel
mit Viktualien nicht gestattet. Wer mit dem Anbieten zum Kauf
zuwarten wollte, wurde bestraft. ⁴)

Die frühern Roßmärkte, welche, nach dem Einkommen der
Gemeindskasse aus ihnen zu schließen, fehr bedeutend müssen gewefen fein, wurden wegen des Zufammenströmens vieler Menschen
auch mit andern Waaren befucht, woraus zwei Jahrmärkte, für
welche ein Privilegium nicht mehr vorhanden ist, entstanden. Als
Markgraf Ernst Friedrich von Baden-Durlach von den Baden-
Baden'schen Landen Besitz ergriffen hatte, ließ er 3 Jahrmärkte
zu Raftatt abhalten und zwar auf den 11. Mai, den 22. Juni
und 24. Dezember. Es geschah dies wahrscheinlich in der Ab-
ficht, den Verkehr der Jahrmärkte zu Selz, welche nach diesen
Tagen gehalten und von Käufern aus der Markgrafschaft stark

¹) „Uff dornstag neft nach dem fonnentag reminiscere Anno 1506 ist
„Otten Henfel, Burger zu Speier gein Raftetten komen vnd bracht hering.
„Vader denfelben thonnen fint zwo thonnen herings fule geschauwen vnd
„durch Bernhart wigersheim der zitt schultheiß vnd das ganz gericht erkant
„das diefelben zwo thonnen herings offentlich am Mark verbrent follen werden.
„als den uff denfelben tag beschehen ist. Vnd find damals Burgermeister
„gewest Mattis Kamp vnd Wiffen michel." Dorfb. Nr. 1, Fol. 18.

²) „Einnam Straffen: 5 Schllg ein Bauer über Rhein erlegt, welcher
„uff einen Markttag zweierlei Keuff gemacht mitt den Früchten." Rechnung
von 1593.

³) „Dergleichen follen fich auch onfträflich halten, vnnd fich der wort
„vnnd gevörden miffen, wiltu oder muft du es alfo geben, fo bring mirs
„heim, ich will dir ein fupp dazu geben bey peen von 5 Schllg Pf., ohn
„alles nachlaffen." Ordnungsbuch Nr. 2, Fol. 97.

⁴) „5 Schllg Pf. erlegt Thomas von Kandell, das er Früchten zu
„Markt gestellt vnnd nitt wöllen feil bietten." Rechnung von 1593.

besucht wurden, nach Raftatt zu ziehen. Die Selzer fühlten auch
bald die Wirksamkeit dieser klugen Maßregel, klagten dagegen
durch ihren Protektor, Churfürst Friedrich von der Pfalz, beim
Kaiser und bewirkten Einhalt. Dessenungeachtet hielten noch
1623 die Raftatter 3 Jahrmärkte, die nachmal in ziemlichen
Verfall müssen gerathen sein. Denn als es sich um Wiederher=
stellung alter Privilegien und Freiheiten zur Hebung des Wohl=
standes von Raftatt 1727 handelte und auch dazu die Abhaltung
mehrerer Jahrmärkte und längere Dauer derselben in Vor=
schlag kamen, referirt das Hofrathscollegium dem Markgrafen,
„die Dauer der Jahrmärkte könne jeder Reichsfürst festsetzen.
„Den Bartholomäus=Markt könne man füglich 2—3 Tage
„celebriren, an welchem, auch wenn schon in foro keine com-
„mercia getrieben, doch in den Gast= und Wirthshäusern drei
„Tage tapfer getrunken, getanzt und gesprungen werde." (Archi=
valakten fasc. „Gemeindewesen.")

Des Holzhandels wurde früher schon erwähnt.

Der Handel mit Schmiere wird in den Archivalakten ein
beträchtlicher genannt, was den Beweis liefert, daß das Be=
dürfniß nach solcher hier ein ungewöhnlich großes müsse gewesen
sein. Dies ist nur da möglich, wo viele Fuhrwerke verkehren
und Halt machen. Unter Schmiere ist vielleicht auch Schiffstheer
mitbegriffen.

Wie beträchtlich der Eisenhandel müsse gewesen sein, läßt
sich daraus schließen, daß der Schultheiß 1550 den Handel da=
mit und mit Wein nur im Großen gestatten wollte.

Der Weinhandel hatte hier einen vorzüglichen Stapelplatz
und darum war und ist noch das Wappen des Ortes eine goldene
Wein= oder Schrotleiter im rothen Felde. Wann ihr dieses Symbol
ihrer sie auszeichnenden Thätigkeit verliehen wurde, konnte ich
nicht ermitteln, doch wird dessen schon in den ältesten Markstein=
beschreibungen erwähnt. Die Weine kamen zu Wasser aus dem
Elsaß und wurden von hier aus nach den übrigen badischen
Landen, vorzüglich aber nach Würtemberg verführt. Eine, das
Murgthal aufwärts führende Straße, die oberhalb Gernsbach

auf den Kamm der Gebirge des rechten Murgufers in das Enzthal hinzieht, heißt jetzt noch „Weinstraße" und findet sich auch mit diesem Namen auf dem Kartenblatt „Forbach" in den topographischen Karten des Großherzogthums verzeichnet. Wie bedeutend dieser Handel müsse gewesen sein, beweist die große Anzahl von Eichern, Gropern, Küfern, Weinstichern, Weinladern, für welche besondere Ordnungen und Taren aufgestellt waren. Für das Dorf hatte derselbe, ohne den mittelbaren Nutzen, den jeder lebhafte Handelsverkehr für alle Einwohner nach sich zieht, auch den unmittelbaren, daß von den hier verkauften Weinen weder Käufer noch Verkäufer Zoll zu entrichten hatten. [1]

Auch die Gemeindskasse scheint Einkünfte vom Weinhandel bezogen zu haben, da man den Rastattern in Rücksicht der frühern Verhältnisse 1727 gestattete, von jedem Fuder hier verkaufter Weine 2 fl. 24 kr. zu erheben, welche den Wirthen an Zoll und Umgeld abgerechnet wurden. (Archivalakten a. a. O.) Die frühere Einnahme bestand in Lad= und Baumgeld. Später kam dieser Handel, auch abgesehen von den störenden Zeitverhältnissen, in Verfall. Der Anbau der Rebe wurde auch diesseits des Rheines allgemeiner und die Zufuhr durch Veränderung der Wasserstraße erschwert. Diese Ursachen des Verfalls erfahren wir aus dem früher erwähnten Referate von 1727, worin gesagt wird, daß dem Handel mit elsäßer Wein hier nicht mehr werde aufzuhelfen sein, da der bei Rastatt hergeflossene Rheinarm unweit Winters= dorf verschlossen, also der Wein nicht unmittelbar bei Rastatt könne abgeladen werden. Es sei auch nicht räthlich, zum Nach=

---

[1] „In Zyt vnd Jaren alsdann Herrn Hermann von Sachsen Ritter Hofmeister zu Baden gewesen, Jst denen von Rastetten wider von vnserm gnedigen Herrn Marggraf Cristoffeln vnd siner gnaden Reten zugelassen vnd verlangt fryheiten, so die von Rastetten vor Jaren auch gehabt hand.

Also, wenn eyn würt zu Rastetten einem kauffmann zu Rastetten win abkaufft, der kauffmann sy fremd oder heymsche, So solle derselbe kauffmann, von demselben win, meynem gnedigen Herrn zu Rastetten keinen Zolle schuldig sin davon zu geben, sunder der würt sin vngelt davon verrichten." Orts= buch Nr. 1, Fol. 38.

theile der badischen Weinproduzenten eine Niederlage von elsäßer
Weinen hier zu halten, die auch nach Würtemberg nicht starken
Absatz mehr fänden, weil am Neckar jetzt viel Wein gebaut werde
und der Herzog von Würtemberg wegen Zulänglichkeit der in
Ihren Landen gewachsenen Weinen fremde, in specie elsäßer
und badische Weine, absque speciali indultu zu kaufen und einzu=
führen verboten. Auch gebe die jetzige Beschaffenheit des Umgeldes
nicht zu, daß der Weinhandel nach der alten Art hergestellt werde.

Den Salzhandel trieb die Gemeinde als solche im Großen,
während der Detail=Verkauf nicht nur Kaufleuten, sondern auch
andern Einwohnern auf dem Wochenmarkte gestattet war. Das
Salz wurde meistens aus Baiern von Landshut, mitunter auch
vom Niederrhein aus Köln bezogen. Bürgermeister und Rath
verwalteten den Salzhandel selbst, oder stellten dafür Salzmeister
auf, welche jährlich über ihre Verwaltung Rechenschaft ablegten.
Von solchen Abrechnungen, die, bei einem Kapitale von beiläufig
700 fl., einmal einen Reingewinn von 217 fl. 6 Batzen, welches
„Alles ist an den Flecken verwendt worden," nachweisen, finden
sich in den Rathsprotokollen viele Beispiele. Auch die Kaufleute
durften sich ganze Fuhren Salz kommen lassen, mußten aber dann
der Gemeinde davon eine Abgabe zahlen und den Einwohnern $\frac{2}{3}$
zum Handel auf dem Wochenmarkte überlassen. Kaufmann Jakob
Bürer erhielt 1578 vier Wagen Salz aus Landshut und wollte sich
diesem alten Herkommen nicht fügen, wozu er jedoch genöthigt
wurde. Die Gemeinde wachte überhaupt mit Eifersucht auf ihr
Salzhandelsvorrecht und als Markgraf Eduard Fortunat 1589 das
Salzgewerbe hemmen wollte, beschwerte sich der ganze Flecken
beim Kaiser unter Berufung auf ihre Privilegien von Kaiser
Ruprecht und die Erneuerung derselben durch Kaiser Maximilian.
Wer anderes als von der Gemeinde geliefertes Salz verkaufte,
oder kaufte, wurde gestraft. [1])

Früher muß dieser Handel sehr einträglich gewesen sein, da

---

[1]) „6 Schilling Pf. ein Fuhrmann geben, das er ahn der Kirchweih
„ungelieffert (Salz) Scheuben hinweg geben hat. 5 Schilling Pf. gab

selbst Markgraf Philipp zum Betriebe desselben mit dem Dorfe
sich associirte und ein Kapital dazu einlegte. In dem Referate
von 1727 findet sich nämlich, daß die Gemeinde 1603 bei Markgraf Ernst Friedrich Klage führte: „Es habe vor 18 Jahren
Markgraf Philipp und der Flecken gemeinschaftlich Salzhandel
getrieben und beiderseits sei ein Kapital eingeworfen worden mit
beiderseitigem ziemlichen Nutzen. Markgraf Eduard Fortunat
habe aber nach Markgraf Philipps Tod die zum Salzhandel
vorräthigen 800 fl. sammt noch 300 fl., so der Flecken aparte
dabei gehabt, zu sich genommen und nicht mehr restituirt, wodurch der Salzhandel in ziemlichen Abgang gerathen." Später
verlor die Gemeinde dieses Vorrecht gänzlich und als sie um
Wiederherstellung desselben bat, fand man wegen des Salzregals,
das in der obern Markgrafschaft rein 8000 fl. eintrug, nicht räthlich, auf diese Bitte einzugehen, doch wurde für billig erachtet, der
Gemeinde 150 fl. für ihren Verlust an jenen 8000 fl. zu überlassen.

Der hiesige Handelsverkehr war nicht nur dem Dorfe, sondern auch dem Landesherrn sehr einträglich. Es wird nämlich
in der Investitur, welche Kaiser Wenzeslaus dem Markgrafen Bernhard I. 1382 und Kaiser Ruprecht 1401 demselben
Markgrafen ertheilte, nebst „dem Zolle zu Sellingen uf dem
Rheine, zue Ettlingen in seiner Statt, zue Schref uf dem
Rheine der Zoll zue Rastetten in seinem Dorffe" besonders
erwähnt, während die übrigen Zollstetten für alle Zölle in den
badischen Landen, die ihm ebenfalls verliehen wurden, als un-
bedeutendere, namentlich nicht aufgeführt werden.[1] Es suchten
darum auch die frühern Markgrafen, den Handel zu Rastatt auf
alle mögliche Weise zu fördern, weßhalb sie den hiesigen Handels-
leuten eine fast vollständige Handelsfreiheit einräumten, wie
folgende Urkunde zeigt.

„ein Bauer uffer dem Riet, das er ahn der Kirchweih ein Scheuben Salz
„ohne gelüffert kaufft hat." Rechnung von 1593.

[1] Schoepflin, Historia Zaeringo-Badensis in Cod. Diplomat. Tom. V.
p. 579 und Tom. VI. p. 2.

„Vff Sanct Methart Tag Anno 1518 Bin ich Alexander
„Behem fürgefordet vnd gebotten vor dem Schultheißen Bern=
„hart Wigersheim zu sagen was mir kund vnd wissen sy, Ich sy
„vil Jare eyn Zoller zu Rastetten gewesen, ob ich ye von einem
„Burger zu Rastetten zolle empfangen oder genommen der Bur=
„ger zu Rastetten gewesen, was der offernhalb her geyn Rastetten
„gefurt, vnd das wider hynuß zu mark furt rc. So sag Ich
„Alexander, der obgenannt, by treuwen an eidestatt, so Bern=
„hart Wigersheim Schultheiß zu Rastetten von mir empfangen,
„das ich der erst Zollschreiber gewesen und gesetzt, durch mynen
„gnedigen Herrn Marggraf karlen löblichen gedechtniß by einem
„Schultheiß hieß Sutterhensel, vnd nach Jme Jung Martin,
„vnd der dritt Schultheiß Wernherns hanns das Ich nye ge=
„hört oder gesehen habe, auch das kein burger, was der bracht
„von waar gein Rastetten, was dann das were offgenommen
„winkauffmannschatz, vnd furt das widder hynuß zu markt, da=
„von bedörfft der nutzyt geben. Item Jost Plank off der Rynauwe,
„der brucht den markt zu Obernbühel vnd Achern der fürt tuche,
„heringe vnd andere ware von Kauffmannschatz off die obgenannt
„merk, wir heischen ime nutzyt davon keinen Zolle. Deßglichen
„der Altmartin der brucht auch den marckt zu Bühel vnd Achern
„vast er gab keinen zolle, der Altclaus Hofmeister selig kauft
„Ruffe vber Rynn, gab auch keinen zolle vnd meynt, Ich wolt
„Jme zolle ab nemen, vnd were der schuldig zu geben vnd
„bracht das in der Rechnung, an mynen gnedigen Herrn Marg=
„graf Karlen (regierte von 1453 bis 1475) löblicher gedecht=
„niß, der sagt, Ist es vormals gewohnheit gewesen, so wöllent
„wir es daby lassen, wie das vormals gehalten ist vnd wöllent
„kein nuwerung machen." Ortsbuch Nr. 1, letztes Blatt.

Nur um den Verkehr zu beleben, verzichtete sogar die Regierung
auf das unbedingte Recht der Besetzung mancher Dienste, und
gestattete der Gemeinde hieran billige Theilnahme. Schultheis
Wigersheim nämlich, ein seinem Fürsten treu ergebener, intelli=
genter und energischer Mann, dessen Dienstführung von gleichem
Eifer für die Rechte seines Herrn, wie für das Wohl der Ge=

meinde zeugt, [1]) befeßte nämlich die Dienste der „Jecher vnd Winstich, Gropper, Winladere vnd Schiebenmacher" im Namen der Regierung aus eigener Macht. Gericht und Rath zu Rastatt meinte, daß dadurch nicht immer die tauglichsten Dienstleute in die Stellen kämen und deren ungeschicktes oder unbilliges Benehmen Unzufriedenheit unter den Marktbesuchern veranlassen könnte. Sie wandten sich darum vertrauensvoll an ihren Fürsten, den Markgrafen Philipp, welcher gerade in diesem Jahre die Regierung statt seines kranken Vaters Christoph übernommen hatte. Um die Sache auf kürzestem und bestem Wege abzuthun, ließ der Markgraf auf Montag nach Judica 1518 den Schultheis Wigersheim, vier vom Gerichte und zwei vom Rathe von Rastatt vor sich kommen, und im Beisein des Hofmeisters Konrad von Venningen, des Kanzlers Hieronymus Veiß und des Landschreibers Georg Heß die streitenden Theile ihre Sache auseinander setzen, worauf er selbst entschied: „das furter hin so sollich gemelte „dinst zu verleihen sind, soll der Schultheiß, mitt sampt dem „gericht verleihen, vnd ein gemeine umfrage haben by dem ge- „richt, welliche zu sollichen dinsten trewlich oder geschickt sindt, „damitt dem marcke kein abbruch beschee. Ob aber sach sin „wurde das Schultheiß und gericht zweitrechtig wurdent vnd „einer den erwelet vnd ein andrer den andern, villicht angesehen „wurde feindschaft oder anders, so das beschee sollent bede teil „sollich zwitracht zu Baden vnsern gnedigen Herrn anzeigen, „so soll die herschaft iemals gen Rastetten verordnen vnd erfarung

---

[1]) Es war sehr verdienstlich, dem biedern Wigersheim im bab. Archive I. p. 241 ein unvergänglicheres Denkmal zu widmen, als das steinerne war, das der Herr Verfasser des Archivs noch gesehen hat. In den wenigen seitdem verflossenen Jahren ist dasselbe spurlos verschwunden, was bei der Schonungslosigkeit, mit welcher derartige steinerne Urkunden in jener Kirche behandelt werden, als kein Wunder erscheint. Theils dienen sie zerschlagen als Treppensteine, theils als Bodenplatten, nachdem die erhaben gearbeiteten Wappenschilde roh abgemeiselt sind. In wenigen Jahren werden auch die letzten Spuren solcher ehrwürdigen Denkmale durch die Fußtritte der Andächtigen vollständig ausgetilgt sein.

„haben, welcher vnder den erwelten der geschickscht sie, der soll „dann angenommen werden." Ortsbuch Nr. 1. Fol. 17.

Weil indeß diese staatsweise Fürsorge für Hebung der Gewerbe und des Handels schon unter Eduard Fortunat nirgends mehr zu bemerken war, ja die ewige Geldnoth dieses Fürsten ihn sogar zu Mitteln greifen ließ, die, wie wir oben gesehen haben, nichts weniger als geeignet waren, Betriebsamkeit und Wohlstand der Unterthanen zu fördern, um sich hierin die sicherste Quelle auch des fürstlichen Reichthums zu eröffnen, so gerieth Rastatts Handel mit in den allgemeinen Verfall, welchem damals das ganze gesegnete Land anheim gegeben war. Selbst die Bemühungen des einsichtigen und wohlwollenden Markgrafen Ernst Friedrich von Baden=Durlach, welcher, um die Lostrennung der obern Markgrafschaft von der untern zu verhindern und dem gänzlichen Ruin des Landes zuvorzukommen, diesen badischen Landes= theil in Besitz nahm, Rastatts Handel und Gewerbe wieder zu heben, konnten die frühere Blüthe desselben nicht mehr herstellen. Auch die unter der Asche glimmenden Funken, aus welchen der 30jährige Krieg entbrannte, versengten schon die jungen Triebe desselben, welche der darauf folgende Krieg selbst gänzlich ver= brannte. Allein nicht nur der Handel, auch die Wohnungen des Fleckens verfielen während dieser Zeit und Schulden und Ver= wirrung traten an die Stelle der frühern Wohlhabenheit und gediegenen Ordnung.

Sicherheitsanstalten.

Für die Sicherheit des Eigenthums und der Person, insofern Verletzungen durch Menschen oder auch Elementarereignisse dro= heten, war Sorge getragen durch allgemeine und besondere Poli= zeiordnungen, „wie es soll gehalten werdten im Dorfe in Fel= „dern vnd Wälbten," und durch eine Ordnung in Feuer= und Wassernoth.

Die erstere handhabte der Bürgermeister mit den Bütteln, Dienstknechten, Wächtern, Feld= und Waldschützen und Hirten. Kamen dennoch Ausschreitungen vor, so griff die Wachsamkeit

der Regierung sogleich ein und im Ordnungsbuche Nr. 2 sind
Fol. 89 und Fol. 91 noch zwei markgräfliche Erlasse von 1522
enthalten, von welchen der erste das unmäßige Trinken bei Wein=
käufen [1]) verbietet und nur zwei Schilling=Pfenning dafür aus=
zugeben erlaubt, der zweite den im „Ampt Rastetten" in Wirths=
häusern getriebenen Unfug rügt, die tägliche Polizeistunde für
dieselben festsetzt und eine Sonntagsfeier vorschreibt, nach welcher
„die wirt allen ynwonern burgern vnnd dienstgenossen in kirchen
„Aemptern keinem essen noch brincken geben."

Die ganze Einwohnerschaft war Vollzieherin der Feuerord=
nung, die sehr bestimmt und einfach war und einige mit Un=
recht ausser Uebung gekommene Vorschriften enthielt, z. B.:

7) „So feür inn eins Burgers Hofreidt uß gieng vnnd das
„durch nachpurn beschruwen würt, oder sturm angschlagen würt,
„soll der bey dem das feür ußgeht 1 Pfund Pf. zu stroff ver=
„fallen syn, beschreyet aber ein burger zuvor syn eigen feür,
„soll er der stroff des Pfund ledig syn."

13) „Item welcher gerüst ist mitt Wagen, Karch vnnd pfer=
„den vnnd nitt erscheynt soll zu peen 1 Pfund Pfg. verfallen
„syn, vnnd sollen die zween Herbergen für andere gerüst syn
„wasser zu füren."

18) „Item es soll auch ein yeder Burger so man Sturm
„leüthet, sein badbütten, buchzüber rc. was zum Wasser empfahen
„dienett vff die gaß stellen, bey stroff 1 Pfund Pf."

21) „Item Welcher ongehorsam außplibe in seynem Hauße,
„es werdte dann sollichs leybs nott, der soll am leyb gestrofft,
„vnnd nach gelegenheit seyns Haltens für kein burger mehr
„geduldet werden."

---

[1]) Der Weinkauf, oder der gemeinschaftliche Trunk nach dem Kaufe,
geschah nicht blos, um sich damit ein Vergnügen zu verschaffen, sondern er
galt als unwiderrufliche Bestätigung des Kaufes. Selbst das Recht der
Losung ging dem hiezu Berechtigten verloren, wenn er am Weinkaufe
Theil nahm. „War es aber das einer der löser were trinkt mit wissen von
„dem wynkauff, derselbig hatt syn losung verloren." Ordnungsbuch Nr. 2,
Fol. 98.

22) „Es soll auch ein yeder Burger sommer vnnd winters
„zeytten, in der hiß vnnd feltinn, vnnd sonderlich bey nacht,
„feür wasser in seynem hauß haben, vnnd so offt er one erfun=
„den würt, soll er zu stroff geben 5 Sch. Pf., sollichs alles
„wie vorstebt, soll ein yeder Burger seynem weyb vnnd Hauß=
„gsind verkünden." Ordnungsbuch Nr 2, Fol. 83.

Drohete Gefahr von auffen, so ging ein Landgeschrei
aus. „So man die glock zum dritten mal vnderschlecht, so soll
„ein yeder burger mitt seynem gewehr zum Radthauß kommen
„vnnd nitt on erlaubnüß oder bescheid weychen oder abgen."
Item „Es sollen auch alle burgersknecht vnnd süne, an einem
„sondern ort vor dem zoll erscheynen bey iren gethonen pflichten,
„vnnd wartten bescheid zu empfahen wie die Burger." Auch
die auffer dem Dorfe wohnenden Müller, Hofleute und die Rhein=
auer hatten in solchen Fällen ihre besondere Verhaltungsmaß=
regeln, besonders die Verpflichtung, auf die zum Orte führenden
Wege wohl acht zu haben. Waren die Befehle ertheilt, so „sollen
„alle verordnete burger zu Rastetten in iren Harnascht vnnd
„gewehren, wo ein yeder hin verordnett ist, syn hut haben.
„Gott wölle vuns vor dißen vnnd andern nöten behütten.
„Amen." Ordnungsbuch Nr. 2, Fol. 86.

Damit die Schaar auch im Kampfe um den eigenen Herd
brauchbar sei, übte man sich im Büchsenschießen, wofür die Ge=
meindskasse Prämien zahlte. Fiel die Uebung weg, so wurden
auch die Prämien nicht bezahlt. „Den Bürenschützen dis Jar
„nichts, weill sie nühtt geschossen haben" heißt es in der Rech=
nung von 1593, in welchem Jahre der Ort von fremden Trup=
pen besetzt war.

Gesundheits= und Wohlthätigkeitsanstalten.

Die öffentlichen Anstalten zur Erhaltung und Förderung der
Gesundheit bestanden in guter Reinlichkeitspolizei, einer Bad=
stube, einem Hospitale und Gutleuthaus.

Für öffentliche Reinlichkeitspolizei zeugen mehrere Strafen
in der alten Rechnung, welche über Zuwiderhandelnde ausge=

sprochen wurden. Darunter finden sich „5 Sch. Pf. von Hans
„Nürnburger das er ein todt Schwein, das in der Murg ge-
„legen, über gebott nitt hinweg thun wöllen."

Die Badstube, oder, wie Mone sie betrachtet, die chirur-
gische Klinik, war früher fürstliches Eigenthum. Markgraf
Karl I. gab sie der Gemeinde zum Erblehen für jährliche 2 fl.
Später wurde dem Bader die Anstalt um einen jährlichen Pacht-
zins, der 1648 sechs Gulden betrug, überlassen. Ihm wurden
von der Gemeinde jährlich noch 30 Klafter Holz um den kaum
zu nennenden Preis von 1 fl. 1 Sch. Pf. abgegeben. Dafür
durfte auch jeder Bürger sich da um 5 Pfenninge bedienen
lassen. Bei Besorgung von Fremden war der Bader an eine
Taxe nicht gebunden. Worin der Gebrauch der Badstube bestanden, ist nirgends gesagt, doch scheint wegen des großen Holzbe-
darfs wirkliches Waschbad, Schröpfen und Aderlassen die Haupt-
sache gewesen zu sein. Den wichtigen Einfluß der Anstalt auf
die Gesundheit der Einwohner erkennend, scheute die Gemeinde
für ihre Unterhaltung keine Kosten, worüber in Dorfbuche Nr. 1,
Fol. 15 die gereimte Nachricht enthalten ist:

„Als man zalt von Christi geburt dausent fünffhundert,
„fünffzig vnnd acht, Ward die Badtstub zu Rastetten wider gar
„neüv gemacht daran hatt die arm gemeinde vil fronens ver-
„bracht hat dennoch dem Dorff ein dieff loch inn seckel gemacht."
Damit auch taugliche Bader mittelst eines guten Einkommens
konnten angestellt werden und aller Quacksalberei begegnet werde,
so genehmigte die Regierung, daß nach Abgang der noch vorhandenen „Scheerer" neben der Badstube keine solchen mehr in
Rastatt sich sollten niederlassen dürfen. Es müssen die Bad-
stubeninhaber auch angesehene und unterrichtete Leute gewesen
sein, wie aus einer Notiz im Ortsbuch Nr. 1, Fol. 1 hervorgeht, in welcher der Bader seinen Hochzeittag und zugleich be-
merkt, daß ihn die Gemeinde Tags darauf für 1650 zum
Bürgermeister gewählt habe.

In vielen Privatwohnungen müssen ebenfalls Badewannen
anzutreffen gewesen sein, weil die Feuerordnung dieselben bei

Bränden vor die Wohnung gestellt haben will. Das häufige
Baden in Wannen dürfte vielleicht als Fortsetzung römischer
Gewohnheit hier betrachtet werden. Das Vorhandensein eines
Hospitales ist aus der alten Rechnung unter der Rubrik: „ver=
buwen an dem Spital" und aus den Rathsprotokollen zu erkennen.
Letztere sagen „daß der Spital durch daß Kriegsweßen gantz
„verrissen vnd in Abgang." Deßhalb suchte man seine Kapitalien
und sonstigen Einkünfte wieder auf „damit der Spital wiederumb
„erbauwet und gebessert wurdt." Man war 1651 damit schon
so weit vorangekommen, daß der Rath einen besondern Spital=
meister anstellen konnte. Daß Pfründner in dasselbe aufgenom=
men wurden, ist aus den Rathsprotokollen erweislich, ob das=
selbe aber auch als medicinische Klinik diente, ist wohl wahr=
scheinlich, kann aber nicht behauptet werden.

Die Rechnung und das Dorfbuch Nr. 1 reden von einem
Gutleuthaus, welches nach den Begriffen, die man anderwärts
mit einem solchen verbindet, eine Wohlthätigkeitsanstalt für arme
Kranke und für hier erkrankte mittellose Fremde war.

Auch aus der Gemeindskasse wurden Armenunterstützungen
gegeben, welche 1593 nur 5 fl. 13 Schllg. 3 Pf. betrugen. (Im
laufenden Jahre 15,000 fl., also nahe das 3000fache.)

Die vernünftigste Art der Wohlthätigkeit von Seiten der Ge=
meinde bestand unstreitig darin, daß sie mit Unterstützungen nicht
erst dann eintrat, wenn ein Einwohner bis zur vollständigen
Verarmung herabgesunken war, sondern daß sie durch weise
Sparsamkeit sich fortwährend im Stande erhielt, in Fällen der
Noth den Besitzenden so zu Hilfe zu kommen, daß die Bürger
durch vorübergehende Nothfälle nicht bis zum Bettler herabge=
drückt wurden. Lassen wir hierüber die Urkunden selbst reden:

„Anno 1562 ist wider ein theürung vffgstanden hat dasselbig
„iar ein malter korn golten 3 fl. und mehr. Haben die von
„Rastetten der armen gemeind (ir frucht die sy zusammengspart)
„geben vmb 2 fl." Dorfbuch Nr. 1, Fol. 56.

„Im 1571ten Jar ist gar ein große theürung yngfallen das
„gar große fur uff allem Schwaben Land in die Marggraffschaft

„Baden, Straßburg, Elfaß über Rhyn, ins Westrich vnnd ins
„luttringer landt gangen bis vff Metz zu allen birgen, Steett,
„Dörffer vnnd Flecken erfucht, wo fie frucht finden künden, vnnd
„ein folliche theürung ins Landt khommen, das zu Raftetten vff
„dem wochenmarck golten hatt 1 Mltr. korn 6 fl. 1 Schllg.,
„1 Mltr. weitzen 7 fl. vnnd auch 8 fl. ic. Da haben die von
„Raftetten inn einem vorrädt gehapt, das fy etlich far vom
„zehenden ic. zufammengfpart." Ibid. Fol. 56ᵇ· [1]

Bildungsanstalten.

Zur Erziehung und Bildung der Jugend beftand hier frühe
fchon eine Schule in einem der Gemeinde angehörigen Haufe,
welches ftets in gutem Baue erhalten wurde, da hiefür in den
Rechnungen eine ftändige Ausgaben=Rubrik nachgeführt wurde.
Der von Schultheis, Gericht und Rath angeftellte Schulmeifter
erhielt von einem Schulkind fede Frohnfaften 3 Schllg Pf., von
„einem Jungen der fchreibt" 4 Schllg Pf. Der Lehrer fcheint
der Gemeindskaffe eine Abgabe zu zahlen gehabt zu haben, da
unter den Ausgaben der 1593ʳ Rechnung vorfömmt „1 fl. fo von
„dem Schulmeyfter in Innam gebracht, aber nitt erlegt worden."

Anregend muß der Unterricht gewefen fein, denn Markgraf
Chriftoph gibt feinem Sohne Jakob 1489 zu einer Bildungsreife
nach Italien nebft andern gelehrten Begleitern auch einen Ra=
ftatter, Namens Johannes Müller, Dr. utriusque juris und
Dekan zu Baden, mit. Müller fchrieb ein Tagebuch diefer Reife.[2]
War er auch durch die raftatter Schule nicht zu feinem Berufe
befähigt worden, fo legte doch diefe hiezu den erften Grund und
wußte den talentvollen Jungen auf die richtige Bahn zu führen.
Es verrathen auch die ältern Einträge im Ortsbuche, von welchen
die früheften von 1370 ftammen, kein geringen Bildungsgrad.
Die Schrift ift kalligraphifch untadelig, feft und gefällig, die

---

[1] Vollftändig abgedruckt finden fich die hier von 1517 — 1592 aufge-
zeichneten Theuerungen in Mone's Archiv II, p. 367.

[2] Cf. Schoepflin, Hist. Zaeringo-Bad. II, p. 314.

Orthographie nach Grundsätzen durchgeführt und nach Wohlklang strebend, der Stil klar, präcis, in strenger Gedankenfolge und selbst in Geschäftssachen gemüthlich. Bei weitem tiefer stehend, ja ungehobelt erscheinen dagegen die spätern Urkunden. Schon in der ersten Hälfte des 17. Jahrhunderts ist hierin eine merkliche Abnahme zu erkennen und die Ueberbleibsel nach dem 30jährigen Kriege, wie die Rathsprotokolle von 1648 — 1692, erscheinen gegen die aus dem 14. und 15. Jahrhundert, wie die ersten ungeschlachten Versuche schriftlichen Gedankenausdruckes gegen gute Muster. Hieraus dürfte, für Rastatt wenigstens, der Schluß gerechtfertigt erscheinen, daß in den 200 Jahren von 1500 bis 1700 die Volksbildung nichts weniger als fortgeschritten sei.

Die religiöse Erziehung und Uebung leitete ein Pfarrer, welcher aus Zehnten, Güterertrag und Seelmeßstiftungen besoldet wurde. (Ortsbuch Nr. 1, Fol. 62 und 66.) Zu religiösen Uebungen war eine, dem heil. Bernhard geweihte, Pfarrkirche vorhanden. Es muß dieselbe beiläufig um das Jahr 900 gebaut worden sein, da sie schon 1207 vetustate collapsa und auf Ansuchen der Gemeinde, gegen Abtretung einer „almeinda“ oder „gemeinwêida“ von den Cisterziensern zu Herrenalb wieder neu erbaut wurde und von diesen den genannten Patron erhielt. [1] In Ausübung des Kultus unterstützte den Pfarrer ein Frühmesser (Rechnung p. 66) und ein Pfründnießer des Altars „zu St. „Jakob in der Pfarrkirche zu Rastetten gelegen.“ (Dorfbuch Nr. 1, Fol. 32.) Zu besondern religiösen Uebungen hatte sich eine Bruderschaft, deren Namen nicht erhalten ist, zusammengethan, welche eigenes Vermögen besaß, aus dem sie zuweilen der Gemeinde Vorschüsse machte (Dorfbuch Nr. 1, Fol. 23).

Gemeindehaushalt.

In dieser durch Einrichtungen, geschriebene Ordnungen und alte Gewohnheiten vortrefflich bestellten Gemeinde lebten die einzelnen Mitglieder unter einander wie die Glieder einer großen

---

[1] Mone, Zeitsch. für die Geschichte des Oberrheins I, p. 112.

Familie, in welchem Sinne auch das Gemeindevermögen verwaltet wurde. Die Einnahmen flossen aus Strafgeldern, Luckeneinung, Standgeld, Bankzins, Holzerlös, Almend= und Hausboden=Zins, Wässerung, Frucht= und Roßmarkt, Judengeleit, Gebrauch der Bürgerstube. 1593 betrug die Gesammteinnahme 562 fl. 4 Schllg. Pf. 6 P. 4 Heler.

Die Ausgaben waren herrschaftliche Abgaben, Besoldungen, Holzmacherlohn, Baukosten für Gebäude, Brücken, Serren, Flüsse, Teiche und Schleußen, Insgemein, Armenunterstützung und Malefizsachen. Die Gesammtausgabe läßt sich aus dem Rechnungsfragmente nicht mehr erkennen, jedoch einzelne Rubriken. Die Ausgabe „Insgemein" weist 173 fl. 2 Schllg. Pf. 1 Pf. nach, worunter nur wenige Gulden für Schreibmaterialien, Arbeitsgeräthe und kleine Reparaturen begriffen sind. Alles Uebrige, etwa 165 fl., ging für Zehrung auf, wozu noch besonders 9 fl. 10 Schllg. Pf. Gerichtszehrung und 22 fl. 13 Schllg. Pf. 6 Pf. am Mutschtag (zweiten Weihnachtstag) kommen; somit wurden etwa 200 fl. oder ⅖ der ganzen Einnahme auf Speise und Trank verwendet. Es ließen aber auch Bürgermeister, Rath und Bürgerschaft keine Gelegenheit vorübergehen, ohne sich in Liebe und Eintracht aus dem Gemeindsseckel etwas gütlich zu thun. Bei Ruggerichten, Verlesungen der Ordnung, Vergebung von Gemeindediensten, Einzug von Geldern, Anfertigung von Registern, Anwesenheit von Fremden, Accordvergebungen, Commissionen, Sendungen nach Aussen, an Festen und vielen andern Anlässen wurden je nach der Tageszeit „Morgensuppen, Mittagsimbs, Nachttrunk" gegeben. Wer nur irgend der Gemeinde einen Dienst erwies, dem erzeigte sie ihre Erkenntlichkeit nicht durch Geld, sondern durch freundliche Bewirthung. Die Frohndarbeiter sogar erhielten ihren „Imbs" nebst Trunk, wobei es nicht gerade schmal herging. [1]) Hatten

---

[1]) 1 fl. 6 Schllg. Pf. Uff gangen über den mittags Imbs mit 6 Personen, als man die Osbach graben hat. 1 fl. damahls über den Nacht Imbs vffgangen. Rechn. p. 90. — 2 fl. 6 Schllg. Pf. betragen nach dem

Fremde auf dem raſtatter Rathhauſe Geſchäfte, ſo ließ man
ſich nicht knickerig finden (Rechn. p. 90). Am „Schauertag"¹)
erhielt jeder Bürger 8, und am Mutſchtage 2 Pf. „zum Zechen."
An letzterm Tage brauchten 22 Perſonen, wahrſcheinlich Gericht
und Rath, 11 fl. 5 Schllg. 6 Pf. „über die Morgenſupp und
den Mittags Imbs," Tags darauf, „als man alle Aempter an=
genommen vnnd ihnen ihre Ordnungen fürgeleſen hat" 9 fl.
6 Schllg. 8 Pf. Der Bürgermeiſter von der Rheinau erhielt
noch „Ein Maas Wein vnnd vier brott mit heim zu tragen nach
altem Brauch." Wie jeder an ſolchen Tagen auf gemeinſame
Koſten ſich gerne eine Freude verſchaffte, ſo gönnte man auch
gerne andern etwas, welche durch ihre Stellung nicht gerade dazu
berechtigt waren, um die Freude allgemein zu machen. So er=
hielt des „Müllers bub, welcher den Kuchen bracht hatt" 8 Pf.
Ebenſoviel der „Jung, welcher den Schweykäs gebracht hatt"
und 2 Schllg. 9 Pf. „die Schüler, welche mitt dem Sternen
„herumgangen vnnd gſungen haben." Auch der übrigen Jugend
vergaß man nicht, und darum war dem Hofbauern auf dem

---

jetzigen Geldwerthe etwa 12 fl., ſo daß auf die Perſon für den Tag
2 fl. kamen.

¹) Nach Scherz Glossarium Germanicum medii aevi fiel der „Schauer-
oder Schurtag" auf Mariä Lichtmeß. „Da pflegt mann ein Schaurtag zu
„halten, darzu werden alle innwohner arm vnd reich, fraw vnd mann,
„edel vnd vnedel, ſambt dem probſt vnd ſeinem convent, vff den imbiß
„geladen, vnd ſchenckt der Schultheiß den frawen von meines gnedigen
„Herren wegen 10 ſchilling, ein amptmann 10 ſchill., ein probſt gemeinig=
„lich ein ohmen wein oder zween, vnd ſonſt ein edelmann ein halben guilden,
„oder was ſein guter will iſt, vnd macht man darnach die irrtin vff, vnd
„meldet was ein jeder geſchenckt hab, vnd wurdet allen denen, ſo alſo ge=
„ſchenckt haben, die irrten geſchenckt; man kaufft auch ſondern wein den
„man dieſen tag braucht, auch verordnet mann ein kuichenmeiſter, vnd einen
„der wein vnd einen der brod vfftragt, vnd pflegen die weiber einen ſchult=
„heißen vſſer ihnen zu machen, vnd nach dem imbiß gericht zu halten, da
„ſie die mann ſtraffen, vnd muß das vnrecht deſſelben tags einen fürgang
„haben, vnd wird jedermann vff den nachtimbiß oder collatzien wider be=
„ruffen vnd macht alsdann irten."

Münchhof auferlegt, daß er auffer den erwähnten „Mutschleib=
lein“ geben solle „off daz selb mal ein zuberlin mit wiffem kum=
„poſt, daz zwen an einer ſtangen dragen. Und ſoll daz Zuber=
„lin ouch wiff ſin.“ Dorfbuch Nr. 1, Fol. 6.

Selbſt die Weiber waren nicht ausgeſchloſſen und jede der=
ſelben erhielt am Tage der Hebammenwahl, die ſie vorzuneh=
men hatten, zur Steigerung ihrer Einſicht beim Wahlgeſchäfte
1 Schoppen Wein und ein Brod. (Rathsprotokolle.)

Wollte ein Einzelner mit einer größern Privatgeſellſchaft die
Bürgerſtube zu ſeinem Vergnügen, wie z. B. bei einer Hochzeit=
feier, benützen, ſo war ihm dies gegen Erlegung einer kleinen
Taxe unverwehrt. (Alte Rechnung.) Hatte ſonſt ein Bürger
Geſchäfte auf dem Rathhauſe, ſo mußte ihm auf Verlangen der
Büttel, welcher als Diener der ganzen Gemeinde betrachtet
wurde, auf die Bürgerſtube Käs, Brod und Wein um den Preis
holen, wie man ſie in den Wirthshäuſern erhielt. (Ordnungs=
buch Nr. 2.)

Auch ſonſt hatte Jeder am Gemeindsvermögen ſeinen un=
mittelbaren Nutzen und erhielt auffer dem benöthigten Brennholz
noch ſolches zu Geräthen für Haus= und Feldwirthſchaft, ſowie
zum Bauen faſt unentgeltlich.

So geordnet und behäbig in früherer Zeit das Gemeinds=
vermögen ſich darſtellt, ſo findet ſich daſſelbe nach dem 30jähri=
gen Kriege ſehr zerrüttet. Der Flecken gerieth in Schulden,
die er nur ſchwer und allmählig wieder abzahlt. 1649 und 1651
müſſen die Zehntgelder zu „Friedensgeld“ hergegeben werden.
1655 werden 81 fl. nach Baden als Antheil von 1000 Dukaten,
welche das dortige Collegiatſtift für die Landſchaft als Kriegsſteuer
vorſchoß, bezahlt. 1656 den Jeſuiten zu Baden 80 fl., welche
zur Beſtreitung der „Roſſiſchen“ Brandſchatzung geliehen wurden.
Im ſelben Jahre erhielt der Untervogt zu Raſtatt 100 fl. und
ein Bürger daſelbſt 10 fl. zurück, die man ihnen lange Zeit
ſchuldig war, u. ſ. w. Später werden wieder 307 fl. als fran=
zöſiſche Brandſchatzung nach Philippsburg bezahlt (Rathsprot.)
und in der zweiten Hälfte des 17. Jahrhunderts findet ſich keine

Spur mehr der gemüthlichen Verwendung der Gemeindseinkünfte,
welcher wir früher begegneten. Die Zeiten, in welchen Rastatt
bei gemeinsamen Unternehmungen, deren Kosten viele Gemeinden
zu tragen hatten, diese Kosten, wie bei Renovation des Land=
teichs 1494, vorschoß, scheinen gänzlich verschwunden zu sein
und nicht wiederkehren zu wollen, obgleich Rastatt in der jüng=
sten Zeit wieder die Ehre genoß, bei leerer Gemeindskasse schwere
Kriegskosten vorzuschießen und noch schwerere selbst tragen zu
müssen.

Rückblick.

Billig wird unsere Verwunderung rege, wenn wir in Rastatt
ein Dorf kennen lernten, das schon im 14. Jahrhundert zu einer
Gesittung, Größe, Betriebsamkeit und Wohlhabenheit gelangte,
wie wir jetzt wohl keines finden dürften. Nicht minder verdie=
nen die weisen Vorschriften unsere Anerkennung, welche das
öffentliche Leben der Gemeinde auf die einfachste Weise so regelten,
daß sie die Zwecke der Gesammtheit durch Anerkennung des In=
dividuums als Selbstzweck förderten und hierin die Principien
der Güte und des Wohlwollens verkörperten. Wir werden über=
rascht durch ein Verkehrsleben und einen Betrieb der Nahrungs=
und Erwerbsquellen, welche alle den unsrigen, abgesehen von
einigen neuen Mitteln und Objecten des Verkehrs, auf's Haar
ähnlich sehen und nur dadurch von denselben sich unterscheiden,
daß größere Sorge für Erhaltung alles Nutzbaren getragen und
mit etwas weniger Egoismus dahin gestrebt wurde, alle natür=
lichen und staatlichen Hilfsmittel der Gesammtheit möglichst zu=
gänglich zu machen; — daß das öffentliche Leben zwischen Re=
gierung und Regierten in größerer Unmittelbarkeit stand und
nicht in Mißtrauen voraussetzende, deßhalb solches erzeugende
Formeln gezwängt war; — daß man nicht in der geschriebenen
Form selbst, welche in den subtilsten Unterscheidungen alle, auch
die unschuldigsten Lebensäußerungen erfaßt und maßregelt, alles
Heil erblicket, sondern mehr in dem Jedem innewohnenden Sitt=
lichkeits= und Rechtsgefühle, weßhalb auch bei Anordnungen,

Entscheidungen und Verträgen die Zusätze: „wie es recht und billig ist," „wie es einem guten Bürger geziemt," „wie es nachbarlich ist" 2c. vollkommen genügten, um den ganzen Umfang der Pflichten und des Verhaltens auszudrücken, und noch paßte für unser damaliges Rastetten der Ausspruch des Tacitus: plus ibi boni mores valent, quam alibi bonae leges.

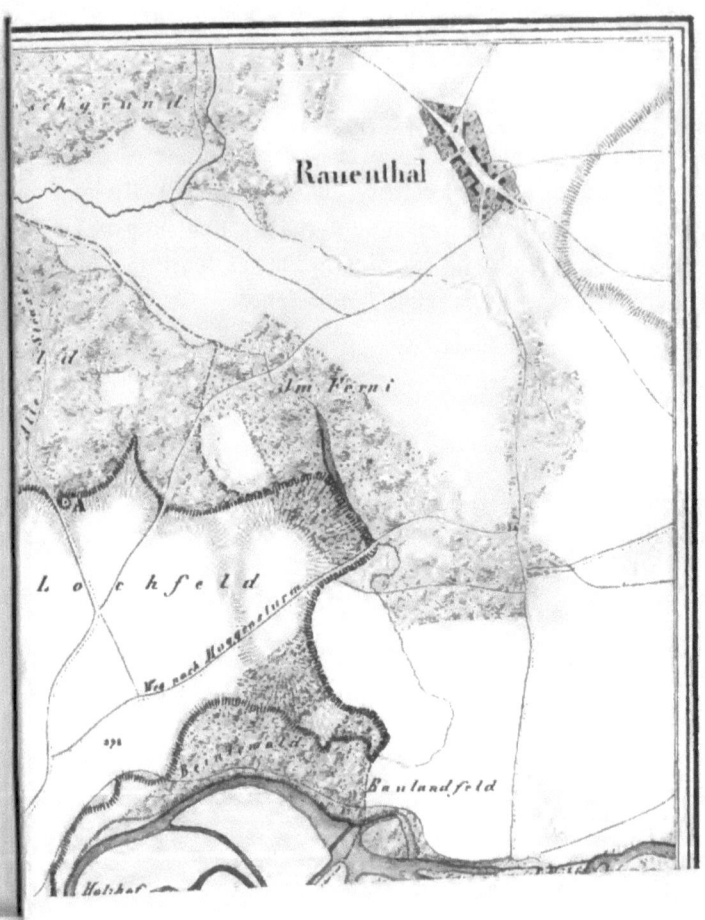